おいしいおしゃべり

阿川佐和子

幻冬舎文庫

おいしいおしゃべり

目次

1. やけ酒のご利益

2. 白い花束赤い花束

3. おいしいおしゃべり

挿画　阿川佐和子

1.

やけ酒のご利益

酒と反省の日々

いつからこんなにお酒が好きになったのだろう。気がついたときには、お酒なしでは生きていられないと思うようになっている。

なんて書くと、この女、さてはよほどの飲み助かと思われかねないが、それほど酒浸りの生活を送っているわけではない。毎日飲まずともいっこうにかまわないし、肝臓はいたって健康である。そもそもじっくり味わうほどお酒そのものの善《よ》し悪《あ》しをわかっていない。私にとってお酒は、おいしい食べ物と親しい友とゆったりした時間……この三つ、あるいは最低このうちのふたつが揃って初めて魅力的なものとなる。アルコールのほどよい刺激が身体《からだ》の緊張をときほぐし、食欲を増進させ、疲れを取り、なんとなく明るい気持ちにさせてくれる。ポワンとした心地のなかで、しあわせとはこういうことだと実感する。もしお酒を飲む楽しみをまったく知らなかったら、さぞ味気ない人生だっただろうなあ。ほろ酔い加減になり始めた段階で、いつもそう思う。

小さい頃、酔っ払いの大人が嫌いだった時期がある。親に連れられて入った食べ物屋さんで、近くの席に数人の酔っ払った男性がいた。大きな声で笑ったりわめいたりする姿を見ているうちに怖くなって泣き出した。どうして大人はお酒を飲むとあんなふうに乱暴になるのだろう。さっきまで静かだったのに、いつのまにか下品な荒くれ者に変わっている。いやだ、いやだ、お酒なんか嫌いだ。大きくなっても私は絶対あんなふうにお酒を飲まないぞ。母の陰に隠れて、その酔っ払いを睨《にら》みながら、決心したのを覚えている。

もしあのときの決意を貫いて、あるいはあの恐怖が頭に焼きついて離れなかったとしたら、今頃はどうなっていただろう。

「お酒はいかが？」

「いえ、私、ぜんぜん受けつけないんです」

「ほお、それはまたどうして」

「幼い頃の恐怖体験が抜けなくて」

などといった会話を繰り返していたかもしれない。ところがどうしたことか実際は、その会話の質問者側に立つことばかりである。

酔う快感というものを初めて知ったのは、たしか中学生の頃だった。公の場で申し上げにくいが、父が家で晩酌をするとき、ときおり子供がつき合わされた。といっても兄は体質的に合わないのか、まったく飲まないし、弟はまだ赤ん坊だったので、子供のなかで父につき合えるのは娘の私だけだった。幼い時分、あれほど大人の酔っ払いを嫌悪していたわりには、自分が飲むということになると、だいぶ早いうちから好きだったようである。

父に勧められてビールを一口飲む。するとまもなく首の後ろのあたりがだるくなる。

「あっ、首が酔っ払った」

そう言うと、「何、それ？」と皆に変な顔をされる。誰もわかってくれないが、私はビールを飲むたびに同じ経験をし、毎回、同じことを呟《つぶや》いた。そしてその感覚を、秘《ひそ》かに気にいっていた。

酔っ払うということを経験するようになったのは、大学生になってからだ。受験地獄から解放され、バラ色の大学生活が始まると、そこにはコンパが待っていた。当時、大学生は男も女ももっぱらウイスキーの水割りを愛飲していたようである。

あの頃、我々は何を考え、何を目的に、あれほど飲み明かしたのだろうか。これといって悩みを抱えていたわけではない。むしろ有頂天になっていた。酔って友情を深め、酔って誰かと出会えるのではないかと期待した。

酔うと私は饒舌《じょうぜつ》になった。しらふでも決して無口とは言えないが、お酒が入るとさらにぺらぺらしゃべりまくり、へらへら陽気になった。頰《ほお》の筋肉がゆるみ、理由もなく笑いがこみ上げる。なんでこんなにおかしいんだろうと思い始めたら、かなり酔った証拠である。

しかしどんなに酔っ払っても時計を見ることは忘れなかった。

「そろそろ帰らなきゃ」

盛り上がっている席で、この言葉を吐くには勇気がいる。言えたとしても、たいがいまわりから反対される。

「いいじゃない、まだ。じゃ、あと三十分」

「だめよ。ウチ、うるさいのよ」

「じゃ、あと十分」

そういうやりとりをしている間にも時間は無情に過ぎていく。

かくして電車に乗ってひとりになった頃、にわかに正気に返るのである。まずい、門限を過ぎている！　電車を降り、お酒の匂いのする息を吐きながら必死で走る。さっきまであれほど酔っていたことが嘘のように、みるみる酔いが醒《さ》めていく。あのときの不安と恐怖心も、今になってみれば懐かしい。

当時私は二日酔いというものを知らなかった。したたかに飲んで騒いで酔っ払い、翌朝、一緒に飲んだ友達と会うと、ケロリとしているのは私だけで、他の友達はおおかたげんなりした顔をしている。「どうしてアガワはそんなに元気なの？」と聞かれ、どうしてみんなはそんなに元気がないのだろうと不思議に思っていたものだ。

寄る年波にお酒の恐ろしさを知った今は、そうはいかない。飲んだ翌朝、いや朝だけでなくその日半日、重い頭と胃を抱え、前夜の無礼なふるまい発言の数々を思い出し、思い出せない部分があるとさらに不安になり、深く後悔するのである。お酒なんか嫌いだ、もう二度とあんなふうに飲まないぞ！

ところがその反省が、どういうわけか長続きしない。二日もたてばケロリと忘れ、またルンルンと夜の街へ出かけていく。人間はかくも弱き動物なり。自分の弱さと醜さを知って初めて他人を思いやることができるのだ。

そう都合良く納得していたら、先日、酒席へ向かうタクシーのなかで、運転手さんに言われた。どういう客がいちばん迷惑ですかと質問したところ、

「そりゃ断然、女の酔っ払い。あれがいちばん、タチが悪いよ」

その晩のお酒は、少し苦かった。

やけ酒のご利益

昔、若き日のグレース・ケリーの映画を見た。『白鳥』というタイトルだったと思う。小

国の王女役であるグレース・ケリーは青年家庭教師に思いを寄せられるが、その気持ちを真剣に受けとめようとせず、彼が去った後、初めて愛していたことに気づくというような、何だか複雑な筋だった。

そのなかで、パーティーの席上、彼女が猛烈にきついお酒を一気に飲み干してみせるシーンがあった。あれはジンかウォッカか、何だったろう。その飲みっぷりの良さ、優雅さがじつに印象的で、お酒を飲むならこれくらい激しく、格好良くいきたいものだとずっと憧れ続けていた。

時がたち、私も人並みに恋をした。幸せだなあと思ってしばらくしたら、うまくいかなくなり滅入っていた時期がある。落ち込んでいる私をなんとか励まそうとまわりの連中が声をかけてくれた。

「ねえねえ、飲みに行こうよ。やけ酒ってのは、いいもんだよ。あんなうまいもんはない」

と乗せるので、こちらもその気になって重い腰を上げることにした。

学生の分際でいくらパアッと豪華にやりたくても、そう洒落《しゃれ》たところで飲めるわけではない。結局、いつもクラブのコンパに使う学生向けのスナックで、ピーナッツやフライドポテトをおつまみに安物ウイスキーの水割りを飲むことにした。

「もう、酔っ払っちゃったあ」

「何言ってんの、今日はめでたいやけ酒なんだから。もっともっと」

「そうです、今日は楽しいやけ酒デー。でも、さすがに帰らなきゃ。こんな時間よ」

「大丈夫、送っていくから」

と頼もしい台詞《せりふ》を吐いていた男友達は、私以上に酔い潰《つぶ》れ、結局送ってはくれなかった。

ひとりで我が家にたどりついたのは、門限をとうに過ぎた真夜中である。

足はフラフラ、頭はグルングルン回っていても、家の前まで来ると「まずいぞ」という判断だけは不思議にできるものだ。若い娘が酒に酔って午前様になったと知っては、親も決して喜ぶまい。はたしてどうやってなかに入ろうかと、しばらく庭先にしゃがみ込んで考えていると、左手にヌルッと触れたものがあった。が、暗やみと酔いのせいで、その時はたいして気にもとめなかった。

二階を見上げると弟の部屋の電気だけまだついている。こりゃ幸い。窓に小石を投げつけて、ヒソヒソ声で叫んでみた。

「おーい、こら。玄関開けてよ」

弟はまったくあきれたヤツだと言わんばかりに、ドタドタ階段を下りてくると、扉を開けるなり大声で言った。

「何、コソコソしてんの？　ベルを鳴らせばいいのに」

私は家に入って玄関の鍵をかけながら救ってくれた弟を小声で叱りつけた。

「そんな大きな声出さないでよ。父さんに見つかったらまずいんだから」

「だってもう、見つかってるよ」

エッ！　と振り向いたら、父が真っ赤な顔をして立っていた。

今後、このように門限を破ることあらば直《ただ》ちに勘当だと父に言い渡され、ようやく自分の部屋に戻ってもまだ頭がグルングルンである。

グルングルンはベッドに入ってもなおやまず、次第に気分が悪くなってきた。その上、左手がやけに痒《かゆ》くなり始めた。苦しい痒いと思いながらドタンバタン身体を動かしているうち、ひょっとした拍子に、頭をベッドの縁に思いきりぶつけてしまい、苦しい痒いに、痛いが加わり、まさに悪夢のような夜を過ごしたのであった。

三重苦のひとつ「痒い」の原因は、暗やみのなかで握った椿の葉の裏にいた毛虫だったことが、翌朝、判明した。毒の付いた毛は細かすぎて抜くことができない。お医者様に診《み》てもらい、包帯をグルグル巻かれて大層なことに成り果てた。

手は二倍程に腫《は》れ上がり痛痒《いたがゆ》さがちっとも抜けない。頭の前方は二日酔いでガンガン、後頭部はベッドの縁にぶつけたコブがヒリヒリ。胸は焼けるし食欲はわかず、父は不機嫌だし、母は冷たい目。何が「やけ酒はいいもんだ」ですか。恋する気持ちに変わりはないのに、何でこうもグレース・ケリーと違うのだろう。自業自得とはいうものの、二度とふたたびこのような失態は繰り返すまいと堅く心に誓ったのである。

私に限らずたいていの人は一度や二度、お酒で失態を演じた、世にも辛《つら》い体験をお持ちのはずである。にもかかわらず、それを機にぱったり酒を断ったという人には、いまだかつてお会いしたことがない。

ただ、失敗を繰り返すうちに多少の知恵はつくようで、私でさえ最近はちゃんと考えてから飲むようにしている。帰る算段はちゃんとできているか。たとえ酔った勢いで失礼な態度をとっても許してくれそうな相手か。そして、今夜は毛虫が出そうかどうか。

これだけは確認した上で、明るく楽しく飲むことをモットーにしている。

ひとり暮らしの極意

ひとり暮らしを始めて十年あまりになる。もともと平凡な結婚をして専業主婦になるつもりだった私がひょんなきっかけで仕事を始め、収入を得て、親の家を出た。最初のうちは自分ひとりを養っていくだけでもおぼつかなかったが、だんだん生活に慣れていくうち、この自由を手放せなくなった。

ひとり暮らしは魔物である。慣れるうちにやめられない魅力にとりつかれる。

そりゃ、ひとりゆえの不都合もある。掃除、洗濯、炊事を誰が代わってくれるわけじゃなし、話し相手もいない。外出から帰って玄関を開け、「ただいまー」と叫んだところで、返事はない。寂しいかと聞かれれば、ときたまそういう心境に陥ることもあるけれど、しかしそれもつかの間のこと。仕事と対人関係が円満であれば、落ち込んでいる暇などない。原稿の締め切りに追われ、せっぱ詰まってようやく書き上げ、ファックスで送る。まもなく担当の方から電話あり。

「届きました。おもしろかったです」

この一言を待っている。いつも褒《ほ》められるわけではないが、毎回でないからこそ、なおさらうれしさがこみ上げるのだ。

ニマニマしながら、ようやく台所に立つ。前日のお冷やご飯が少し。何かおかずはなかったっけ。冷蔵庫を覗《のぞ》く。到来物のウニの瓶詰《びんづめ》と京都のおつけもの。それにソーセージがあるぞ。あとはおいしいお茶を淹《い》れるだけ。豪華とはほど遠い、粗末な残り物のお膳だけれど、仕事を仕上げた喜びと空腹感が相まって、どんなレストランにも負けない格別の味に感じられる。

やれやれ怠惰な生活ぶりだこと。こんなことだから、ますます縁が遠のくばかりと、家族は嘆いていることだろう。そう思いつつ、熱いお茶をすすりながら呟く。

「極楽、極楽」

誰にも褒められない至福の時に、満足の溜息《ためいき》を漏らす。

四度目のたたり

あたりまえのことだが、ケーキは太る。ケーキが太るんじゃない。ケーキを食べると太るのである。そんなこと改めて言われなくても知っとるわいと笑われそうだが、知っていてもさほど気にならないときと、この理屈が骨身にしみるときがあるものだ。

私の人生のなかでもっとも最初にその単純明快なる理屈を思い知らされたのは、小学校の六年生のときだった。

ちょうど中学受験を目前に控え、毎夜遅くまで勉強にいそしんでいた。といっても根が怠け者である私は、いよいよ本番が数カ月後に迫ってきたという頃になるまで、本腰を入れずにぐうたらぐずぐずしていたため、とうとう家庭教師の先生を怒らせてしまった。約束していた宿題をやらずに平気な顔をしていたのである。

先生は私の隣りに座ると、「さて、やっておくようにと僕が言っておいたテキストはどこまで進んだかな?」とお聞きになった。ふだんやさしい先生だったので、私は悪びれもせず、「あんまり進んでなくて……」と答えた。それで許されるだろうと思ったのである。

すると、先生の声が急にぴりぴり鋭くなった。

「いったいどうしたんですか。どうしてできなかったんですか」

どうしてと聞かれても、怠けただけである。「すいません」とうつむき加減に謝った。が、先生はおもむろに立ち上がると、「今日は帰ります」。

帰る? どうして? まだいらして五分とたたないのに。何か用事でも思い出されたのだろうか。

「はあ、そうですか」

その段階でもなお、何がどうしたのか私には理解できないまま、「じゃあ」と言って、母を呼んだ。

わけがわからないのは母のほうである。あわてて先生を玄関先まで送った後、私に向き直って言った。

「佐和子、いったいどうしたの。先生、かんかんに怒ってお帰りになったわよ」

そのときになって初めて、自分が先生を怒らせたと悟った。

それ以来、さすがの私も少し焦り始め、真剣に勉強をするようになった。が、もともと勉強が好きなほうではない。もう少しの辛抱と自分を叱咤《しった》激励し、乱れ散る心をなだめすかして机の前で集中力を養う。

「よし、あと一時間頑張ったら、ティータイムにしよう」

深夜、といっても子供の時分のことだから十時か十一時だが、その時間になると決まって休憩時間をとることを日課と決めた。

あたたかい紅茶を淹れて、バームクーヘンを一切れお皿にのせる。なぜかその当時、ウチには到来物のバームクーヘンが定期的にあり、それをどうしたことか、こよなくおいしく感じていた。後にも先にも、あれほどバームクーヘンというお菓子を好きだった時期はない。毎夜のことなのに、ちっとも飽きなかった。日によってそのまま素直に食べるか、紅茶に浸しつつ食べる。あるいは生クリームをホイップせずに上からかけて食べたり、ホイップして食べることもある。そのほか冒険をするなら、お酒の棚からブランデーをこっそり取り出して、一、二滴たらすという方法も試した。子供のくせに甘いブランデーの香りが好きだったのである。

そんなこんなでその日の一切れを食べ終えてしまうと、急にむなしくなった。ふたたび勉強に戻りたくない。そこで、「あとちょっとだけね」と自分に言い訳をして、幅一センチほど切り落とし、紅茶のおかわりをする。

こうして深夜のティータイムを毎夜繰り返しているうちに、身体のあちこちがプクプクとふくらんできた。受験やつれなど、どこへやら。体重がみるみる増えていく。しまった、と思った時は、すでに手遅れだった。

過去の教訓もむなしく、人間、いや、私は過ちを繰り返すもの。あれから今に至るまで、確実に三度、お菓子のたたりに遭っている。ふだんはそれほど頻繁に甘いものを食べたいと思わないタチなのに、数年に一回ほど、毎日食べなくては気がすまなくなる時期がある。中毒現象は、たいがい一週間ほど続く。そしてある朝、太っている自分に愕然《がくぜん》とするのである。

不思議なのは、太るという現象は、つぼみがゆっくりふくらんで花を咲かせるごとく、じわじわと起こるのではなく、いつもある日突然なのである。

たとえば前夜、おいしいごちそうをいただいた後、いつものように食後のデザートをたいらげ、「ああ、食べた食べた」とお腹《なか》をさすって満足感に浸る。今は満腹だからお腹が大きいのは当然だと信じている。ところがその丸いお腹は、普通なら翌朝にはへっこむはずのものが、出たまま、昼になってもそのまま。おかしい。あの料理が、あのお菓子が消化していない。まるで小悪魔のようにお腹のなかに陣取って動こうとしない。居座ったまま、太りのエキス軍団を、身体中に派遣し始めている。どうにかしなければ。と、こういうときにかぎって口の悪い友達に出くわす。

「ねえ、あんた、太ったんじゃない？」

この一撃に打ちのめされて、二度と甘いものは食べないと心に誓う。

だいたい世の中、食文化が発達しすぎているのである。甘くておいしいものがありすぎる。昔は毎食後にデザートなんて食べなかった。それなのに、今やどんなレストランに行っても、「デザートはいかがなさいます？」と聞かれるのだ。あれがいけない。あんなこと、聞いてほしくない。

え、何、太っている女性のほうが魅力的？　あ、そう？　マロンのケーキが絶品ですって？　じゃ、一切れだけ。薄く、薄ーく。これを最後に甘いものを断ちましょう。

麗しおいしい台湾

台湾へは昔から行きたいと思っていた。昔からというと大げさだが、少なくともここ数年、その思いは募《つの》る一方であった。

というのには、いくつか理由がある。ひとつは、以前、台湾の方からいただいたお茶がこよなくおいしかったこと。もともと中国茶は大好きで、普段からジャスミン、鉄観音、ウーロンとさまざま愛飲してきたが、なかでも台湾のそのお茶には、すばらしい味わいがあった。大事に少しずつ飲んでいたが、とうとう底を突いた。また欲しいけれど、いただいた方に催促するのもはばかられる。そう思っていた矢先、女友達が電話してきて、台湾旅行をしたという。

「もう、おいしくておいしくて、台湾、最高よ」

彼女の解説によれば、中華料理の真髄は今や台湾にあるそうだ。まあ、こういう議論はよくされるところで、やはり香港だと豪語する人もいるし、上海がいいぞとニンマリ笑う人もいる。そうなると私の心は千々に乱れ、どうすればいいのか迷ってしまう。香港は何度か訪れたことがあるが、台湾は一度もない。おいしいかおいしくないか、自分のこの舌で確かめないことには判断がつきかねる。

するとまたまた別の友達が、「私が台湾に行ったとき」という話をしてくれた。

「街を歩いていると、あちこちで『ピャオリャン』って囁《ささや》かれるの。どういう意味か調べたら、『美しい』ってことらしいのよ。あたし、今までいろんな国を旅してきたけれど、こんなに美人と言われ続けた国はほかにないわ」

で、彼女の結論は、「台湾はとてもいい国だ」というのである。なるほどそれはいい国だ。私もそんな気分に浸ってみたい。こうして私の台湾に寄せる恋慕の情は、揺るがぬものへと発展していった。

そこへこのたびの話である。しかも、料理研究家の松田美智子さんがご一緒してくださるという。松田さんは、弟さんご夫婦が台北に住んでいらっしゃる関係で、台湾へはすでに七、八回、いらした経験をお持ちだった。さすがにお料理の先生だけあって、おいしい情報へのアンテナが高い。

「まず、あのお店であれを食べましょ。夜はあそこであれ食べて。帰りにあれを買いましょう」

出発前からてきぱきと旅程（食程？）を組んでくださって、横で聞いている私はひたすら、「あわわ、あわわ」と興奮気味に頷《うなず》くばかり。こうして私は、胃袋とスーツケースのスペースを充分にあけて、いざ台北へと旅立ったのであった。

期待に胸膨らませて到着した台湾は、ずうっと雨だった。しかしこんなことでへこたれてはいられない。そりゃ、天気はいいに越したことはないけれど、雨で料理の味が変わるわけじゃなし、実際、行くところ行くところ、いずれも驚くほどおいしくて、着いてしばらくは、悪天候に落ち込んでいる暇などなかった。もちろん松田さんが入念にお店を選んでくださったおかげだが、それにしても馴染《なじ》みのない街で、旅の疲れや胃袋の調子などのマイナス条件が重なって、「それほど感激しなかった」というレストランが一、二軒あって当然である。ところが台湾にはその手の「ハズレ」がない。

「ハズレ」がないから、ますます欲が張り、一日平均四食ほどの勢いで日夜食べ続け、「もう食べられません」と叫びつつも気がつくと、お箸《はし》を持つ手が前に伸びているという、恐ろしい胃拡張現象が起こっていた。

数あるおいしいお店のうちでも、私がもっとも感動したのは〈鼎泰豊《デインタイフオン》〉、通称お饅頭屋《まんじゆうや》さんである。なんでも李総統もご愛用、お昼時には長蛇の列ができるほど地元で人気のある店らしいが、外見は、ごくありふれた商店街の一角にある、間口の狭い地味な店。入口で、白衣に身を包んだ十数人の職人さんが、顔に白い粉をつけながらせっせと餃子《ギヨウザ》作りに専念している。その作業場を抜け、階段を上がるとテーブル席が並び、なるほどお客さんでいっぱいだ。

「ここに来るとね、ああ、台湾に来たって気持ちになるの」

松田さんがうれしそうにメニューに目を通す。この店には日本語メニューもあり、自分で欲しいものに印をつけるシステムになっているが、まずはベテラン松田さんに任せることにした。すると松田さん、注文を取りに来た店の女性に向かい、

「これ、小籠包《ショウロンポー》、そう。それふだつ。あついあつい、ゆげ、いっぱいの。スプ？　スプひとつね。大きのね」

日本を発《た》って以来ずっと、私は松田さんという人を、なんと落ち着いた、大人の女の魅力に満ちた方だろうと思ってきたのだが、ここに来て彼女の様子がおかしい。声のトーンが上がり、身を乗り出して、しゃべる言葉は早口中国なまりの日本語になっている。この店のいちばんおいしいところを、何とか私に知らしめようと思うがあまり、心穏やかではいられなくなった気配である。

その熱意は確かに伝わった。運ばれてきたアツアツ、ゆげいっぱいのせいろのなかにおいしそうな小籠包がたくさん。うれしくなってさっそく手を伸ばそうとすると、

「待って！」

松田さんの声が響く。

「小籠包はね、まずこうしてお箸で先ッポを挟んで持ちあげて、左手に持ったレンゲにのせて。そうそう。で、前歯でちょこっと皮に穴をあけ、なかのスープをチューッて吸って。あー、おいしい。それからショウガと酢をつけて召し上がれ。うーん。おいしい」

私も真似して、チューチューのパクリ。皮が薄くてやわらかい。なかには汁がたっぷり含まれて、具の味はあっさり目。いくつ食べても止《や》められない。身体中からしあわせの溜息が

漏れ、「なんでこんなにおいしいのでしょう」と伺うと、お饅頭のように丸くてしあわせそうな顔をした店の社長、楊さんが、

「おいしさの秘訣《ひけつ》はね。作りたてのものしかお客に出さないよ。だから一階で職人が一日中、休まず餃子を包んでますよ」

なるほどここは、出来たてホヤホヤの小籠包や餃子を、蒸したてホヤホヤで食べさせてくれる店なのだ。

この店のもうひとつの名物は、お茶汲《く》みおにいちゃんである。右手に握ったポットを宙高く掲げ、一メートルほど離れた位置から小さな茶わん目がけて、一滴もこぼさずみごとにお茶を淹れて見せる。まさに曲芸だ。最後にお茶を切る瞬間など、フラメンコダンサーがカスタネットを叩くがごとき躍動感。

「失敗することないんですか」と聞くと、おにいちゃん、恥ずかしそうに笑って、

「きれいな人の前では、失敗するよ」

でも、私の前では、一度も失敗しなかった。

満腹になったら街へ出ればいい。台北の交通事情はスリルに満ちていて、恐怖のあまり、すぐにお腹がすいてくる。何しろどの車も、隣りの車との間隔が一センチほどしかないのにもかかわらず、猛スピードで素っ飛ばして走るわ走るわ。そのうえ台湾はバイク人口が多い

らしく、それら暴走自動車の隙間をぬって現れるバイクの危なっかしいことといったら、思わず目を閉じてしまいたい。信号が青になるなり、一斉に飛び出してくるバイク集団を初めて見た時は、バイクレースが始まったのかと思ったくらいである。

決死の覚悟で街の中心を抜け、北東方向へ二十分ほど車を走らせると、そこには中国宮殿様式のたたずまいを見せる故宮博物院が凜然《りんぜん》と現れる。歴代皇帝が愛蔵した文物約六十五万点を収蔵するこの博物館、何日通いつめてもすべてを見るのは困難だろうが、ほんの一時間ほど、駆け足で回っても充分堪能できた。

有名な翡翠《ひすい》の白菜から象牙重箱、陶磁器、鼻煙壺、アクセサリー、文房具。緻密《ちみつ》で繊細な中国四千年の歴史の深さに圧倒されるものばかりだ。驚いたのは、青銅製の蒸し器。中国人は新石器時代から蒸す技術を知っていたらしい。食べることに対する中国人の熱意には、まったく恐れ入る。

知的刺激を受けたあとは、博物館二階にあるティールームでひと休み。エレベーターを降りたとたん、小鳥のさえずりが耳に心地よい。といっても、どうせ録音テープだろうと思いながら、ふと上を見上げて仰天した。いくつもの竹製鳥籠のなかにいるのは、正真正銘、本物の小鳥ばかりである。高らかに鳴く小鳥たちの歌声を聞きながら、ウーロン茶とお茶菓子をいただくと、しだいに心は和《なご》み、古き優雅な時代の中国に迷い込んだような錯覚に陥る。

ところで私は元来、買い物が下手《へた》である。どうしようかと迷って時間がなくなり、最後に「まいっか」と買わずに後悔するか、「まいっか」と買って失敗するのが常である。しかし今回の旅行では、この買い物に関しても、松田さんの的確なアドバイスに頼るところが大きかった。旅は気の合う友人と行くのも大事だが、一方で、自分とはまったく異なる興味や能力を持つ人と行くのも、思わぬ発見があって楽しいものである。たとえば松田さん、「この博物館の売店で売っているレプリカの急須はとても使いやすいのよ。すでにウチで使って立証済みなの」。

その一言にそそのかされ、七百九十元（約三千百六十円）の、柿の実の形をした急須を買い求めたところ、これが確かに使いやすい。取っ手の位置、蓋《ふた》のデザイン、口の角度と、じつにうまくできている。帰国後、ウチでは、この急須にお茶屋さんで買った〈凍頂烏龍茶〉を入れて、台湾式に小さな茶器（日本酒のお猪口がちょうどいい）で飲むことに凝っている。

そのほか、楽しくて明るい林おじさんの店で買った三段竹せいろ。〈伍中行〉のからすみ。市場で見つけた銀糸饅頭。ニューヨークムード溢《あふ》れるモール・ショッピングセンターでは、イタリア製のお皿まで買い込んだ。食欲が進むと、物質欲も促進されるのだろうか。

かくしてお世話になった松田さんの弟さんご夫妻に別れを告げ、帰国の途につくときの私のいでたちときたら、まさに行商のおばさんそのものだった。

三泊四日の台北滞在中、とうとう一回もお天道様を仰ぐことなく、一度も「ピャオリャン」と声をかけられず、名物ビーフンも食べそびれ、やりたいことはまだまだあったけれど、未練を残して去るのも旅の楽しみ方のひとつと解釈することにした。

満腹のお腹をさすりながら歩いていたとき、街角の甘栗屋さんの女の子が私を見て、「ニーハオ」と微笑《ほほえ》んでくれた。あの愛らしい笑顔を見に、いつの日かまた台湾を訪れたい。三段せいろでふかふかに蒸した銀糸饅頭をちぎりながら、今、旅の余韻を楽しんでいる。

小籠包

キュウリ胡椒《こしょう》

子供の頃の夏休みは、ほとんど強迫観念のなかで遊んでいた。七月の半ば過ぎ、「今日から夏休みだ！」という日は、山のような宿題を抱えていても、まだ余裕しゃくしゃく。少なくとも七月いっぱいは思う存分、遊ぼうじゃないの。そんな気分で構えている。ところが、たいして「思う存分」遊ぶ間もなく、暑い暑いとこぼしているうちに、だらだらと日は過ぎていくのである。

かすかに不安を抱き始めるのは八月に入ってからのことだ。そろそろ計画的に勉強を始めようと、レポート用紙を広げ、まずは日程表の作成に取りかかる。何しろ休みはあと一カ月も残っているのだから、これだけたくさん宿題があるといったって、分散させればたいした量ではない。一日平均一ページずつ進めたとしても四十日で片づく。となれば、一日二ページのペースでやれば、八月の後半は、そうとうに遊べるという計算だ。なんて調子で綿密な計画を立て、壁に貼り出す。

間違いはここらへんから始まる。計画表を作った段階で、すっかり勉強をしたような気になるのである。安心し、そして油断する。最初の二、三日は、かろうじて計画表通りのノルマをこなすことができたとしても、四日目あたりからがいけない。どういうわけか、予定が守れなくなる。遅れた分を挽回しようと躍起になるが、うまくいかない。よし、ここは思い切って計画そのものを再検討する必要がありそうだ。こうして私はふたたびレポート用紙を広げ、定規を置いてきれいな升目《ますめ》を作り、色鉛筆で科目別に色分けし、「一日一〇ページ。絶対！」などと書き込んでいく。

そんな夏休みを、いったい何回繰り返したことだろう。家族は私のことを、「企画庁長官」と命名した。

しかし、そういう強迫観念の合間にも、楽しいことはたくさん転がっていた。

小学生の頃は、ひと夏まるごと、東京を離れ、家族全員で軽井沢の貸別荘に住むことが何度かあった。出発は必ず夜中である。夜中のほうが道が空《す》いていて、渋滞に遭わずにすむというのが父の言い分だった。寝ていると、突然母にたたき起こされ、出かける支度をする。辛起こされることは前もって知らされていたが、いざその時間がくると眠くてたまらない。辛いなあと思いながら、どこかわくわくする気持ちもあった。

しんと静まり返った暗闇のなかで、父と母、兄と私の四人家族が、鍋釜、布団などを車に運び込む。まるで夜逃げ一家のような有り様で、いざ出発である。後ろの座席に荷物の隙間をぬって兄と私が乗り込む。母は助手席、父が運転席に座り、号令をかけるのだ。

「忘れ物はないか。いいな。よし、行くぞ」

あの瞬間が、どきどきして好きだった。

軽井沢では、なぜか早起きができた。一度目が覚めてしまうと寝床にいるのがもったいなくて、ひとりで起き出し、散歩に出かける。まだ人の気配のない林道をトボトボ歩いているだけで、必ず何かを発見できた。突如、草むらでがさがさという音がしたと思うと、それはキジだったり、目の前にロープのようなものが転がっていたので、近づいてよく見てみたら、急にぬるぬると動き出し、仰天したこともある。もっといろいろな動物に会えないかしら。左右の白樺林の奥のほうを窺《うかが》いながら歩き続けると、いくらでも遠出ができそうな気がしてくる。さんざん歩いて、家に戻る頃には、日差しがだいぶ強くなっている。

「いったいどこに行ってたの。二時間も戻ってこないから心配するじゃないの」

母が裏庭で洗濯物を干しながら、怒っている。そんな早朝散歩に夢中になっていたのは、小学二年か三年の頃だった。

貸別荘の家主は農家の方で、裏に畑を持っていた。畑になった野菜は好きなだけ採って食べていいですよと言われ、母と私はよく、野菜の採り入れをしたものだ。トマト、なす、キュウリ、とうもろこしなど、八百屋さんの店先で見慣れた野菜が、こんなふうに実をつけるのかと、そのとき初めて知った。

収穫したいんげん豆を母がバターで炒めて食べさせてくれたときは、いんげんという野菜がこんなにおいしいものかと感動した。あの時のいんげんよりおいしいいんげんを、いまだに食べたことがない。

あるとき、何のきっかけだったか、キュウリに胡椒をつけて食べることを覚えた。その味が妙に気に入って、中毒のようになった。そろそろ宿題に取りかかろうという時間になると、無性に食べたくなる。自分で台所へ行って庖丁でキュウリを縦に切り、胡椒をふってかじり出す。

「また食べてんの？　きりぎりすになっちゃうよ」

母や兄にからかわれ、自分でも本当にきりぎりすになるんじゃないかと心配するほど、ひと夏じゅう、キュウリ胡椒をかじり続けたものだった。

ひとり麺《めん》

大人と呼ばれるようになって、かれこれ二十年近くもたとうとしているが、いまだにひとりでレストランに入ることができない。レストランどころか、喫茶店に入るのすら躊躇《ちゅうちょ》する。この間も六本木を歩いているとき、あまりお腹がすいたので、どこかで食べて行こうと思った。思ったところまでは威勢がいいのだが、いざ店の前に立つと、その先がダメなのである。

悪いことをしようというわけではないのだから、びくびくする必要はないのだが、店にはいったら大声で「いらっしゃいませ」と声をかけられる、と想像したとたん、たちまち弱気になってしまう。

普段はしゃべり出したら止まらないほど臆面もない私が、こと食べ物屋さんに関してだけカマトト女になってしまうのは、どうしたことだろう。

しかたがない。今日は我慢してまっすぐ家に帰ろう。それにしてもお腹がすいた。

こういうときにかぎって食べ物屋さんばかり目につく。ガラス越しに店内を覗くと、皆、楽しそうに食べているのが見える。いいなあ。しあわせそうだなあ。まるでマッチ売りの少女のような心境で、我ながら情けなくなるのであった。

そのとき、突然、ひらめいた。

「そうだ。たしかこの近くに、高校時代、友達と学校の帰りによく立ち寄った店があったはずだ」

交差点から少し離れているせいか、いつ行ってもあまり混《こ》んでいない。しかも、通りに面した窓を完全にカーテンで覆っているので恥ずかしさも半減するだろう。多少の馴染みがあることだけを頼りに寄ってみることにした。

制服のまま友達数人とちょくちょく通った店は、〈李家苑〉という名の中華料理店だった。何しろ高校時代は、先生の目から逃れられるかどうかが食べ物屋さんの必要最低条件だったから、「あそこは穴場よ。絶対、見つからない。しかもおいしい」という情報が届くや、こぞって出かけたものである。

この店で食べたのはもっぱらラーメン。当店自慢の特製辛口タンタン麺が、仲間内では一番人気だが、普通のラーメンより、たしか百円ほど値段が張るために、毎回は注文できない贅沢《ぜいたく》品であった。

タンタン麺を諦めるとするならば、チャーシュー麺か野菜ラーメン。余りお腹がすいていない時はワンタン麺もなかなかいける。

コソコソキャッキャとラーメンに食らいつく我々女子高校生を、中国人らしき店のご主人と奥さんが、素知らぬ顔で無視してくれるのも、ありがたい店だった。

あるとき、学校の帰りに母と待ち合わせ、その店の前を通ったことがある。急にタンタン麺が食べたくなり、母を誘うことにした。しかし、頻繁に寄り道をしていることが母に知れ

てしまってもいけないから、そこはほら、高校生の知恵を働かせ、

「この店、おいしいんだ……ってよ。人から聞いた噂だけどね」

「あら、そ。じゃ、寄っていこうか？」

微塵《みじん》も疑われることなく、無事に店内に入ることができた。すると、正面のテーブルに学校の先生がた四、五人がラーメンをすすっていらっしゃるではないか。ギョッとした。穴場と信じていたこの店は、すでに先生の管轄圏内にあるということだ。今後、ここに来るときはくれぐれも気をつけるよう、早く仲間に知らせなければならない。

といっても、本日のところは保護者同伴であるから、叱られる心配はない。余裕の顔で先生がたに挨拶をすると母とふたりでメニューを開く。

「ここは、タンタン麵がおいしいの……、って友達が言ってた」

「あとは何がおいしいの？」

「知らないよ。……あんまり」

こうしてその日は、値段の心配をすることなく、他の料理も頼んでお腹がいっぱいになると、

「ごちそうさまでした」

母が代金を支払うためにカウンターの前に立った。

「ども、ありがとございました」

いつもは無愛想な店のオバサンがその日にかぎってばかにニコニコしている。変だなと思った次の瞬間、オバサンは母におつりを渡しながら大きな声で言ったのである。

「おじょうさん、よく来るよ」

そして私に同意を求めるかのように「ねえ」って。そんなこと、よりによって先生と母の前で言わなくたっていいのに。

しかし、幸いなことに先生がたの耳に届いた様子はなく、一方、母は笑って「ああ、そうですか」と答えただけだった。どうも母は最初から感づいていたらしき気配がある。

二十年ぶりの〈李家苑〉はちっとも変わっていなかった。白い上っ張りを着たご主人も、エプロン姿の奥さんも不思議に老《ふ》けた様子はないし、椅子もテーブルもカーテンも昔のままのようだった。メニューには、値段は違うが相変わらずタンタン麺が載っている。

「何にしますか」

奥さんが注文を取りに来た。もしかして私のことを覚えてくれているかしらと、少しだけ期待をしながら顔を覗き込んでみたが、まったくそれらしき反応なし。

「ええと、じゃ、タンタン麺」

「はい」

この無愛想さがなんともいえず懐かしく、ここならひとりで入っても怖くないと、しみじみ思ったのであった。

まぼろし女将《おかみ》

たしか大学を卒業してまもなくの頃だった。父とふたりで銀座の〈浜作〉へ行ったことがある。父に連れられて、家族揃って町なかへ食べに出ることはしばしばあったが、父とふたりきりというのは、数えるほどしかない。もしかすると、その日が初めての父娘《おやこ》会食だったかもしれない。

「あら、今日はお嬢さんとおふたりですか？　じゃ、カウンターになさいます？」

馴染みの仲居さんに案内されてカウンターの奥に座る。並びには、すでにほろ酔いかげんらしき老年男性おふたりが、魚料理を挟んで日本酒を酌《く》み交わしている。

「いらっしゃいませ」

気《き》っ風《ぷ》のいい声が、下駄の音に混ざって厨房じゅうに響き渡り、見上げると、白衣に身を包んだ好男子がカウンターの向こうに立っていた。

ああ、この方だったか……。

そう認識したとたん、胸がどきどきし始めた。そして、にわかに昔の記憶が蘇《よみがえ》る。

私が中学生のとき、ある晩、父が酔っ払って帰ってくるなり、

「おい、佐和子。おまえ、浜作の若旦那と結婚するってのは、どうだ」

突然、何を言い出すのかと思えば、

「若旦那はハンサムだぞ。何しろ慶応ボーイだし。おまえがあの家に嫁いだら、料理がうまくなるだろうなあ」

まあ、ここまでは納得がいく。時期は多少早いが、父親として、娘の将来を真剣に考えてくれている証拠だ。これといって取り柄のない娘だが、料理を作ることには興味を持っている。かといって、プロの料理人になるのも大変なことだろう。ならばいっそのこと、おいしい店へ奉公にやり、ゆくゆくはその家の若主人のもとへ嫁がせれば、しあわせになれるかもしれないと思ったらしい。しかし、父の思惑はそれだけにとどまらなかった。

「もし、おまえが浜作に嫁にいったら、俺も一生、うまいものが食える」

この一言に愕然とした。これは策略結婚以外の何ものでもない。

「ひどいなあ。むちゃくちゃだ」

私は自分が皇女和宮にでもなったような暗澹《あんたん》たる気持ちになり、父を非難した。が、正直なところ、「割烹《かっぽう》の女将」という将来像をまったく否定したわけではなかった。心の片隅では、着物を着て、てきぱきと店を切り盛りする自分の姿を想像し、また、慶応ボーイのハンサムな若旦那とはいったいどんな人だろうと、ひそかに夢描いたのである。

しかし、その話はまったく進展のきざしなく、ぷっつりと途絶えた。幻の縁談は、単なる父の独りよがりにすぎなかったようである。そして数年後、風の便りに、その若旦那が結婚されたという噂を耳にした。

「いらっしゃいませ」

カウンターに座る父と私のところへ、着物姿の美しい女性が挨拶《あいさつ》に見えた。若主人の奥様である。

「あ、いつも父がどうも、はじめまして」

私はひどくうろたえて、ろくな挨拶もできなかったことを覚えている。初々しいが落ち着いた素振りの若奥様を一目見て、はっきりと悟った。とうてい自分のような人間の務められる立場ではなかったことを。

その晩は、自分の思いつきで娘がどんなに心を痛めたかなど、まったく知るよしもない(覚えちゃいない)父と、鯛のかぶと煮を骨の髄まで堪能《たんのう》した。

イギリスの舌

国際線の飛行機に乗ったら、カレーライスが出てきたので驚いてしまった。海外旅行華やかなるこのご時世に、あんた、そんなこと、知らなかったのかとバカにされそうな気もするけれど、知らなかった。今日の食事は何だろうと、シートポケットからメニューを取り出して、「ビーフカレー」という文字を見つけた瞬間、そのあと本当に、少々ご飯はパサパサ気味ながら、嘘偽りのないあの素朴なるカレーライスが目の前に運ばれてきた瞬間、さらにスプーンで一口食べてみて、「おお、けっこうおいしいじゃないの」とその味を確認した瞬間、私はものすごくしあわせな気持ちになった。この旅行はきっといい旅行になりそうだなんて予感さえしてきたほどである。

別に私はカレーがなきゃ生きていけないほどのカレーファンというわけではない。普段、生活しているときにカレーライスを食べる頻度といったら、まあ、一カ月に二、三度くらいのものでしょうか。

「カレーを食べたくない！」と積極的に拒否するときさえある。今日はカレーライスだけはいやだ。カレー風味という類《たぐい》の料理も遠慮させていただきたいと思う日がある。その程度のカレー好きが、なぜ機内食のカレーにこうも感激するんだと疑問をお持ちの方もおられましょう。私自身もそう思って、よくよく考えてみたところ、これは結局、「不測の喜び」ということじゃないかと思った次第である。

だって、まさか飛行機に乗ってカレーが食べられるとは思ってもいなかった。たいてい「チキンのナントカ風ナントカカントカ」とか、「シーフードナンタラカンタラ」とか、そういった立派な料理であり、どちらかを選びなさいと言われてもねえ、あまり気乗りがしないねえという場合が多い。そんな心持ちのところにきて、「何、ビーフカレーがあるの?」という意外性。これはかなり効果的でありまして、その驚き分が、味に三〇パーセントくらい上乗せされるような気がするのである。

しかし、こんなに機内食を褒めてしまって、飛行機会社の回し者と思われてもいけないから、話を次に進めましょう。つまり不測の味ですね。そう、その飛行機に乗ってどこへ行ったかというと、イギリスである。

イギリスは何しろ食べ物がまずい。十人中九人は確実にそうおっしゃる。

「あっ、イギリスに行くんだって。いいねえ。しかし、あそこはメシがねえ」という調子だ。

ちょうど行きの飛行機のなかで読んでいた、藤原正彦氏の『遥かなるケンブリッジ』という本にもそういう話が出てきた。数学者である著者が家族とともにケンブリッジへ一年間留学し、そこで感じたイギリス見聞録なのだが、そのなかの食べ物に関する部分で、〈……イギリスに住んだ友人から、「イギリス人には舌がない」と聞いていたが、それは本当だった。舌はみんなフランスへ行ってしまったらしい。在英中のレストランでの食事で、美味と感じたのは、ケンブリッジでのインド人経営のインド料理と、ロンドンの中華街での中華料理ぐらいだった……〉

そうか、イギリス人には舌がないのか。なるほどなあと思った。で、これだけ太鼓判を押されては、期待できない。

私とてそんなに美食家というわけではないから、本当の味なんか、よくわからない。とり

あえずお腹がすいているときに、ああ、おいしかったと思うことができれば、それが一番という程度の「食べること好き者」だけれど、旅に出たときは、普段にまして「おいしい」と思いたい気持ちが強くなるようだ。何食べようか、あれ食べたいなと、思いを巡らすことが多くなる。しかし、ここまでケチョンケチョンに言われてごらんなさい。今度の旅行は諦めようって気になります。

で、実際に当地へ着いてから、毎度毎度の食事のたびに、同行者の皆さんと、「何食べようか」「どうでもいいけどね」と言いながら相談が始まる。「そうねえ、中華はまあまあなんでしょ」「インド料理も大丈夫みたいだよ」と、やけに消極的なのである。

そういう心境で出かけてみたところ、これがなんたることか、不測の喜びにつながった。おもしろいことに、インド料理のお店に行くと、たいへんな行列ができていた。何しろ私達が三十分ほど待ってようやく席に着いて食べ始め、二時間ほどゆっくり時間をかけて食べ終わって帰るときもまだ、行列は続いていたくらいである。それほどこの店が評判がいいということは、みんながおいしいものを食べたがっているということなのか、つまりイギリス人はおいしいものに飢えているのか。イギリス人に舌がないなんて嘘じゃないか。本当は舌があるんだけれど、自分で作る気がないだけなんじゃないか。

ロンドン在住の友人が言うことには「イギリス人は、料理を自分の好みにアレンジしようなんてつもりはさらさらない。おかげで外国から入ってくる食べ物はみんな、本場の味が保たれて、まずくならないのよ」。

そんなわけで私のイギリス旅行は、とてもおいしいものとなった。

最初から期待しないと、こんなにいいことに出会えるものなんですね。人生、あまり過度な期待をせずに過ごしましょうということでしょうか。そうすれば、幸せになれるのかもしれない。

それだけわかっていて、なぜ結婚しないのかって？　放っといてちょうだい。

アメリカのセリ飯

今、私は四月に掲載される原稿を書き始めたわけだけれど、本当のところ、季節はようやく二月に入ったばかりである。桜もすみれも菜の花も咲いてないし、風はヒューヒュー冷たくて、ピカピカランドセル姿の小学一年生なんて、まだずっと先の風物詩のような感じがする頃だ。

雑誌が、かくのごとく号数に先んじて進行される宿命にあることは、今や読者の皆さんも重々承知之助であろうから、書き手もそんなことはあまり気にせずに書くのが習いになっている。ところが、今度ばかりは、ちょっと事情が違う。

ごく個人的な理由で恐縮ですが、今月（というのは二月）末に日本を発って、しばらくアメリカに住んでみようかと思っているのである。つまり、この原稿は日本で書いたものだけれど、この原稿を読んでいただく時点では、私はアメリカにいるはずである。つまりつまり、この原稿に出発直前の心境を書いて、「いやあ、荷作りが終わらなくて困っているんですよぉ」と言ってみたところで、読んだ方々が、「そうか、大変だねえ」と思ってくださる頃、もはや私の悩みは完全に解決していると思われる。それじゃあ、なんだかつまらない。同情のし甲斐《がい》もされ甲斐もないというものだ。

そこで考えた。感度の悪い国際電話のような、この微妙な時間的ギャップを乗り越えても、さらに、共感できるテーマは何であろうかと。同じ日本にいれば、たとえば年を越さないうちから正月について書くことができないことはないし、夏の暑い最中《さなか》に紅葉《もみじ》狩りの話を取り上げることだってできるだろう。でもまさか、まだ住み始めていない場所のことを想像して書くわけにもいかないしなあ。

考えているうちにお腹がすいてきた。本格的に食べてしまうと睡魔に襲われて仕事にならないから我慢しよう。しかし一応、冷蔵庫のドアを開けてみる。並んでいるのは、缶ジュースと牛乳、前夜の残りの餃子が三つに梅干し、海苔《のり》の佃煮《つくだに》と明太子《めんたいこ》。この雑然とした冷蔵庫風景の、なんと日本的なこと。何を見てもしんみりした気分に陥るのは、旅立つ前の複雑な乙女心を物語っている。ヨーグルトをひとつ取り出して、急場しのぎとするか。

そういえば、ここ最近、食べ物のことを考えるたびに、「はたしてそれは、アメリカに行っても食べられるだろうか」と思うことが多い。地球の果てに行くわけじゃないのだから、少々値は張るかもしれないが、たいていの日本食は手に入ると聞いている。それに、住めば都で、時間がたつうち、その土地の食生活に順応していくだろう。でも一方で、出発前に食べ納めておきたいものがチラチラ頭の片隅に浮かぶのもまた事実である。

知り合いの女性で、長年、外国生活を続け、語学も堪能、仕事もバリバリという人が、あるとき、突然に日本が恋しくなり、矢も楯《たて》もたまらず飛行機のチケットを買って帰国したという。そんな気持ちにさせたものは何かと聞けば、「昔、よく通っていた近所の食堂の冷やし中華が無性に食べたくなったから」だそうだ。彼女は、懐かしの冷やし中華の味を思い出しながら、かの地で集められるかぎりの材料を駆使して何度も作ってみたそうだ。しかし、どうしても、「あの味」にならない。そこで、意を決して帰ることにしたという。

「冷やし中華」ごときで、そんなせっぱ詰まった気持ちになるものだろうかと、その話を聞いたときは、にわかに信じられなかったけれど、こうして自分が外国に行く立場になってみると、ありうることのような気もしてくる。

その後のことは聞いていないが、多分彼女は、念願の冷やし中華を食べた瞬間に、このまま死んでもいいほどの幸福感を味わえたかといえば、それほどでもなかったんじゃないかと思う。昔のほうがおいしかったとか、この店、味が落ちたわ、なんて首を傾《かし》げただろうと思うのだ。それでも、彼女にとって冷やし中華は、永遠の恋人のような存在であり続けるに違いない。

この冷やし中華に相当するような「懐かしの味、決定版」は、私の場合、何になるだろう。きっと、とんでもないものがたまらなく食べたくなるような予感がする。それはたとえば、お肉屋さんのポテトサラダだったり、レトルト食品のカレーだったり、ホカホカ弁当の海苔弁、あのご飯の上にデレンと横たわるチクワのフライだったりするのだと思う。

そういえば、春になると毎年食べることにしているものに、セリ飯がある。

八百屋さんでセリを一束買ってきて、水でよく洗ったあと、塩をひと振りしたお湯でさっとゆがく。セリの緑色が鮮やかに、全体がしんなりとしたらザルに上げ、冷水にさらし、四、五ミリの長さに刻む。ぎゅっと水気を切り、器に盛って塩をパラパラ。それを炊きたてのご飯の上にまぶして食べるだけのシロモノだが、ご飯のうまみとセリ独特の香りや苦味がうまく混ざり合い、ああ、春だなあとうれしくなる一品。

いったいアメリカにセリという野菜はあるのだろうかと、不安になって友達に尋ねたら、
「たった一年行くだけなんでしょ。来年、帰ってきてから食べればいいじゃない」と、あっさり片づけられて、身も蓋もなし。

ママのアップルパイ

ワシントンのアパートメントホテルの自分の部屋に到着したとたん、兄から電話あり。去年まで数年間、当地に住んでいた兄が、たまたま私と時期を同じくして、日本から商用で来ていたのである。

「無事に着いたか。俺、明日の晩飯、ウィリアムズさんに呼ばれているんだけど、よかったら妹さんもどうぞって。今後頼りになると思うから、紹介しとくよ」

ウィリアムズさんというのは、兄の上司だった方である。奥様は日本人、九歳と五歳になるお子さんは、英語と日本語を器用に使い分け、かつてしばらくの間、日本に住んでいらしたこともあるという親日一家で、兄自身、こちらに滞在中は家族ぐるみでお世話になっていたという。

その晩はウィリアムズ邸の近くのメキシコ料理屋さんへ行くことになった。アメリカ人にしては小柄なウィリアムズさんは、食事中も車のなかでも、やさしく私に話しかけ、たどたどしい私の英語に忍耐強く耳をかたむけてくださる。

「今、どこに滞在してるのですか」

「ええと、アーリントンのアパートメントホテルです」

アパートメントホテルとは、日本でいうウィークリーマンションのようなもので、中、長期滞在用の家具つき賃貸アパートのことである。

家具だけでなく、食器からタオルから何でも揃っていて、しかも、ワンベッドルームといいながら、日本の標準の間取りよりよほどゆったりしている。

「そこは、充分、広い部屋ですか」

とウィリアムズさんに聞かれ、充分なんてものじゃないですよ、広すぎるくらいで快適です。でも、一カ月以内には、もう少し安いアパートを探して、ええと、と、ここで「不動産屋」という単語が出なくなり、

「リアリティー、ノーノー、リアルなんだっけ、ねえ」

と、兄に助けを求めると、ウィリアムズさん、すかさず首を横に振り、

「だめだめ、自分で言う努力をしなきゃ。あなたは英語が上手なんだから」

って。うれしくも厳しいお世辞。

食後は、ウィリアムズさんのお宅でお茶をごちそうになる。夏になると蛍がいっぱい出るという、大きな木々に囲まれた住宅街、というより別荘地のようなところに二階建て煉瓦《れんが》造りのウィリアムズ邸は建っていた。

さっそく奥様が台所から、上にアイスクリームののったアップルパイを運んできて勧めてくださる。

「もうお腹がいっぱいで、食べられません」

と言いながら、一口食べると、アップルパイが温かく、アイスクリームが冷たくて、おいしい。

「奥様が焼かれたんですか?」

「いいえ、近所のお菓子屋さんで買ってきて、温めただけですよ」

と、照れながらおっしゃるが、市販のアップルパイを温めて出すという手立てがあったかと感激。まるで焼き立てのよう。

そういえば、むかし昔、初めての外国旅行でハワイを訪れたとき、ホノルルのアラモアナ・ショッピングセンターにあるコーヒーハウスで、温かいアップルパイを食べた覚えがある。

しかし、その時のトッピングはアイスクリームではなく、たしか、とろけるようなチーズだった。アップルパイにチーズとはなんたる組合わせかと初めは驚いたけれど、慣れるにつれ、その奇妙キテレツなる味が不思議においしく思われてくる。

「アメリカ人はアップルパイに特別な思い入れがあるんだよ。食べ物に限らず、何か懐かしいものに接した時は、よく"It's like Mama's apple pie."って言うからなあ」

帰りの道すがら、兄が教えてくれた。つまりはおふくろの味ってことらしい。

私にとってもっとも懐かしいリンゴの味といえば、子供の頃、病気になるとかならず母が作ってくれた「すりリンゴ」(リンゴをすったもの)だろうか。でもねえ、「あら、これは母さんのすりリンゴのように懐かしいわ」じゃ、何ともサマになりません。

二月のニラブタ

二月になるのが待ち遠しい食べ物は、なんといってもニラである。いつの頃からか、我が家の食卓にちょくちょく登場するメニューのひとつに「ニラブタ」と名づけられたものがある。

中華鍋に油を敷き、あつあつになったと思われる頃、まずはニンニクのみじん切りをジャッといれ、いい香りがしてきたところへ、豚バラ肉の細切りを加える。中華料理であるから、もちろんレンジの火は最強にし、片手で鍋を、もう片方の手に木べら（かき混ぜるのに都合のいいものであれば何でもいいのです）を握り、すばやく手際良く、オーケストラの指揮者になったようなつもりでパワフルかつリズミカルに炒める。

いっぽう、ニラは冷水で洗い、五センチほどの長さに切りそろえ、ザルに上げておく。ぴんとまっすぐに伸びた新鮮なニラの束を、よく火の通った豚肉の上から、これまたジャッと一気に放り込む。するとまたたく間にニラは力を失い、クタッとやわらかくなって、鍋の底に沈む。

「あらあら、さっきはニラの量を多くしすぎたかしらと心配していたのに、こんなに少なくなっちゃって……」と驚くほどよく炒まったら、最後は味つけだ。といっても難しいことはない。油と馴染んできらきら光るニラと豚肉の上に、醤油をたらたらたら。いや、もう少し足して、たらたらっとかければ出来上がり。火を消して、お皿に盛りつける。

「はい、ニラブタができたわよ」と台所から母の声がしたとたん、「あ、ご飯つけなきゃ」「立ったついでに僕の分もお願い」「自分でつけてきなさいよ」「まったく姉貴はケチなんだから」「だって早く食べたいんだもの」。

ひと騒動を経て、家族一同奪い合いの末、ニラブタの短い生涯は残り汁もろとも、あっという間に終わりを告げるのであった。

大好物のニラブタであれば、一年中定期的に食べたいと思うほどだったが、「そうはいかない」と母は言下に否定する。

「ニラは二月がいちばんおいしいんです。やわらかくて甘くて。それを過ぎるとちょっとねえ」

そう断言する理由は、そもそも父にある。

話はさらに遡《さかのぼ》るが、父の大学時代、国文科で支那語の授業をとっていたときのことだそうだ。中国人の王《ワン》先生という方が生徒に向かって「二月《アールユエ》」という単語の発音を教えながら、「二月はニラが、北京ではじつにうまい」と、それは美味《うま》そうに舌嘗《な》めずりをしながらおっしゃった。そのお顔がいまだに忘れられないと、父がことあるごとに母に言い聞かせていたらしい。

厳密に考えてみれば、北京と日本では気候もニラの種類もかなり違うだろうし、しかもその王先生がおっしゃった「二月」が旧暦である可能性もある。はたして日本のニラが二月にいちばんおいしいのか、本当のところ定かでない。しかし、我が家では長年、「ニラは二月に限る」というのが定説になっている。

かくして独立した娘の私も、季節にかかわりなく野菜を手に入れられるこのご時世になってなお、ニラに関してだけは、この時期を逃すまいと思い込んでいる。親の影響とは、かくも大きいものである。

ここワシントンに、おいしいニラブタを食べさせてくれる中華料理店を発見した。郊外にあるその店に初めて入ったとき、急に思い出して中国人ウエイターさんに尋ねてみた。

「ニラとポークのソテーはありますか？」

最初、ニラという英単語がわからず、紙ナプキンに漢字を書いて説明したところ、「オー、リーク。イエース」。

まもなく出てきたのが、まさしく黄色いニラと豚肉の炒めものである。緑色の日本のニラもいいが、このやわらかい黄色いニラとブタも、抜群の味がする。

「うう、しあわせ」

うめきに近い感嘆の声を漏らしながら、夢中でいただく。が、なんといっても量が多い。お腹が破裂しそうなほど食べてもまだ、半分残ってしまった。

「そんなに好きなら、ドギーバッグにして持ってお帰りなさいよ」

その店に連れていってくださった知人に勧められるまま、小さな紙箱に残りを詰めてもらって手にさげた。

「ごちそうさまでした。じゃ、また」

彼女と別れて地下鉄に乗る。席についてまもなく、隣りに老婦人が座った。続いて斜め前に、別の老婦人。ふたりとも、何やら鼻を蠢《うごめ》かせ、奇妙な顔つきをし始めた。ハンカチを鼻に当てている。風邪でも引いているのかしら。そう思ってまもなく、いや、原因は、私の持っている「ニラブタ」にあることがわかった。

自分で食べてしまうと気づきにくいが、電車のなかで、このニンニクとニラは、いつのまにか強烈なにおいをあたりにまき散らしていたらしい。

困ったぞと思ったが、途中で降りるわけにもいかない。

「ごめんなさい。私の持っている中国料理がごめいわくをかけているのですね」

そういう英文を頭のなかで作っているうちに、ひとりの老婦人は、世にも不愉快そうな顔のまま、降りていってしまった。

こうなったら、せめてもうひとりの婦人にだけはお詫《わ》びしておかなければなるまい。意を決して申し出た。

「エクスキューズ・ミー。あのう、このくさいにおいは、私のせいなんです。ごめんなさい」そう言ってすぐ、あまりけなすのも、大好きなニラブタに対して失礼かと思い直し、小声で言い足した。「でもこれ、とってもおいしいんですよ」

照れ笑いをしてみると、「オー、リアリー？」。

口元に一瞬、かすかな笑みが浮かんだが、すぐにそれは消え去って、「ノー・プロブレム」。

しかし、上品そうな婦人の顔は明らかにひきつって、ぜんぜん「ノー・プロブレム」ではなさそうだった。

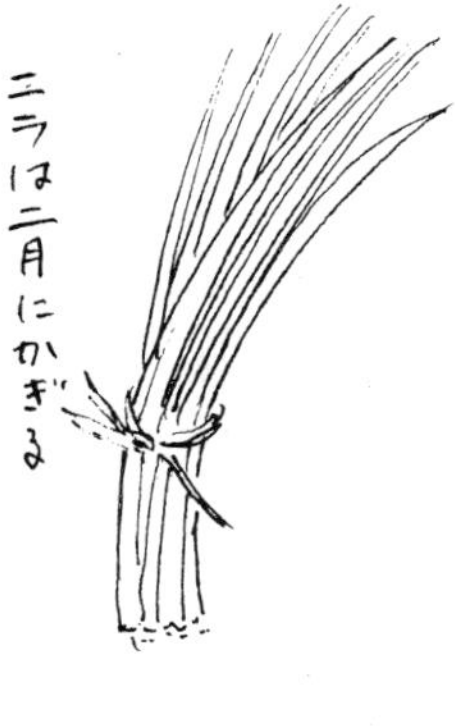

ご飯好き

アメリカ生活一カ月にして早くも日本のご飯が恋しくなった。もともと私は白いご飯が大好きで、一日に最低一回、とくに晩ご飯のときはお米を食べずにいられないタチである。日本でも、たまに料亭などに招かれたりすると、おいしいお酒とお料理に舌鼓を打ったあと、

「では最後はお蕎麦《そば》をお持ちします」

なんて言われることがあるけれど、あれは悲しい。ああ、今夜はご飯なしかと思ったとたん、空《むな》しい気持ちでいっぱいになる。

理想を申し上げるなら、突き出しの次ぐらいにはご飯を運んでいただきたい。こんなことを言うと必ず、

「そりゃ、まだお酒を飲んでいる最中ではないか。第一それじゃあ、すぐにお腹がいっぱいになってせっかくのお料理がもったいない」

と非難される。が、私に言わせれば、せっかくのお料理をご飯なしで食べてしまうなんて、

こんなもったいないことはないと思うのである。

いったい誰が〈ご飯とお漬け物は食事の最後に供するもの〉と決めたのだろう。もちろん、家で食事をする場合は、最初からビールのグラス（毎晩、晩酌をしているわけではないけれど）の隣りにおかずとご飯を並べる。おいしいおかずは白いご飯とともに口のなかに入れるのが、もっとも健康的で正しい食事法と思われるのだが、あまり他人様の賛同を得たためしがない。

かくいうほどのご飯党である私だが、このたび、アメリカにしばらく移住するとなったからには、そんな身勝手なことも言ってはいられまい。食べ物に順応せずしてその土地に順応することはなし、と信じているし、それも他の国ならいざ知らず、アメリカでは日常生活に日本食が浸透しているという話だから、なんとでもなるさと、ほとんど心配せずにやって来た。

こうして最初の一週間くらいはアメリカ人の友人夫婦宅に泊めていただいて、まじめにアメリカ家庭料理を楽しんだ。ある晩は缶詰の豆スープにビーフのパスタ。ある晩はチーズサンドイッチと野菜のスープ。またある時は、ピザとコカ・コーラだけ。少々質素に思えるのは、この夫婦がダイエットに励んでいるせいもあるらしい。なんでも好き嫌いなく食べられる私としては、いずれもおいしくいただいた。それは嘘じゃない。ただ、心の片隅にちょっとだけ、寂しさを感じていたのも事実である。

と、数日目の晩、

「今日はボクのとっておき、カウボーイスタイルライスを作ってあげよう」

お、これはしめしめ、ようやくご飯にありつけるかと、この瞬間は本当にうれしかった。

ちなみにこの家では、旦那様のほうが料理上手ときていて、しかるがゆえに主《あるじ》不在の夕飯は、思いきり手が抜かれ、缶詰料理一本となる。

さて、ご飯と聞いて元気の出た私、さっそく台所に赴き、「何か手伝うことはありませんか」と申し出る。

「いや、ボクが野菜炒めを作っている間に、奥さんがご飯を炊くから大丈夫」

じゃあ、私がお米を研《と》ぎましょうかと、今度は奥様のところへ駆け寄ると、

「大丈夫。研がなくていいの」

ホットケーキの素のような紙箱にはいったアメリカ製の米は、まったく研ぐ必要がないのだという。

しかし見たところ、やや細長いそのカリフォルニア米、なんだか粉っぽいし、やっぱり研いだほうがおいしいんじゃないかなあと、不安な面持《おもも》ちで成り行きを見守っていたら、まあなんと。その炊き方のアメリカナイズされていること。

まず適量のお米を箱から出して、そのまま片手鍋にあける。お米と同量の水を加え、そのうえにバターをひとかけら落として火にかける。

「ハイ、これでオーケーよ」

「蓋はしなくていいんですか？」

始めチョロチョロなかパッパ、赤子が泣いても蓋取るな、と教えられて育った私にしてみれば、こんなおいもを茹《ゆ》でるような方法で炊かれちゃ、心配でしょうがない。

「ずっと、そのまま……!?」

「沸騰したら蓋をして、火を弱めてちょうだい」

箱の横に記されている作り方を睨みつつ、奥様がおっしゃるのである。

結果的には、たしかにこの方法でお米は炊けた。しかし、ご主人の作ってくれた青唐辛子入り野菜炒めを、そのご飯にかけて食べたときの感想を内緒で言えば、ちょっと、パサパサ気味。

さてその後、幸運にもある日本人の知り合いに、おいしいお米を紹介された。その名を田《た》牧《まき》米。在米の日本人向けに開発されたというこのカリフォルニア米は、一部の日本食料品店にしか売られていないそうだ。

さっそく手に入れて、腰を使ってしっかり研ぎ、始めチョロチョロの伝統的日本方式で炊き、一緒に買ってきた紅生姜《しょうが》をのせて食べたときの、至福の喜び。食は文化なり。我こそはまぎれもなき日本人なり。

ダイエット商品愛好家たち

アメリカのテレビを見ていると、車のコマーシャルと同じくらい数多く登場するのが、ダイエット商品のコマーシャルである。

あるコマーシャルは、実際にその商品を愛飲して痩《や》せることに成功したらしき人物三人が画面に登場し、太っていた頃の写真の前に立ち、「このスリムファストを飲んだおかげで、こんなにスリムになりました。私にできたんです。あなただって、できますよ」。

へへえ、嘘だあと疑いつつ、ついつられてしまいそうな力説ぶりで、日に何度も現れる。

もうひとつ、どこかのファミリーレストランのコマーシャルは、主婦が語る。

「うちの主人ったら、結婚当初はキッチンのテーブルの周りで私と追いかけっこができるほど痩せていたのに、今じゃ、このありさま（と、太った男の登場）。でも、安心。○○レストランのダイエットメニューができたおかげで、何を食べても大丈夫なの」

　ここでダイエット料理がずらりと紹介されるわけだけれど、その豪華なこと。タコス、ハンバーグ、チキンロースト、ラザニア、アイスクリーム、フルーツパフェなどなど。そんなに痩せたいのなら、最初からラザニアなんか食べなきゃいいじゃないのって思ってしまうが、そうはいかないのがアメリカ人の理屈らしい。

　当国の「痩せなきゃ問題」はかなり深刻とお見受けし、試しにスーパーマーケットへ出向いてみた。案の定、低カロリー食品だけを集めたダイエットコーナーが特別に設けられている。前出のダイエット飲料（ミルクシェイクのようなもので、これを飲むとお腹が張って、食事の量を減らすことができるというシロモノ）が各メーカーから数種類。カロリー減のケチャップ、マヨネーズ、パスタ、粉ミルク、ジャムはもちろん、低カロリーポップコーンやコレステロールを抑えたチョコバーまであって、何だか哀れな気持ちになってしまった。

　でも本当にアメリカにはおデブちゃんが多い。もし日本に来たら、相当数の人に振り向かれるだろうなと思われる重量上げヘビー級の方が、ごろごろいらっしゃる。あまり数が多いとその言語は発達する、というのが文化の定説である通り、英語では、太った人のランクがおおかた三段階に分かれるそうだ。

　たとえば、学校に行けば、どのクラスにもひとりやふたりはいるよねといった程度の「ちょっと太め」さんをチャビー（chubby）。映画『シコふんじゃった。』に出てきた正子ほどになると、ファット（fat）で、それ以上、これはすごいやと、思わず感嘆の溜め息が出てしまいそうな人を、オビース（obese）と呼ぶそうな。

しかしもちろん、どのタイプであろうと、本人を前にしてその言葉を発するのは失礼でありますから、その場合は、「おー、You are big ね」くらいの表現が正しかろうと、ある人に教えられた。

友人のミセス・ジェイムズは、数カ月前に日本でお会いしたときよりだいぶ痩せられたようなので、大病でも患《わずら》われたかと心配し、「ずいぶん痩せましたね」と尋ねたら、満面に笑みを浮かべて、「そうなのよ。五ポンドも体重が減ったの。秘密はね、水を飲んだだけなの」と、それはうれしそうに答えてくれた。アメリカでは、「お元気ですか？」という挨拶に加えて、「痩せたみたい」と言うと、どなたにも喜んでいただけることが、最近わかってきた。

さて、ミセス・ジェイムズは、この水飲み減量法を深く信奉しているようで、一日にどれほどの水を飲んでいるか、それ以外、食事制限はしなくてすむことなど、とうとうと説明してくれたあと、

「主人もね、水を飲んで一〇ポンド痩せたのよ。早く会ってやって。すごくスマートになったの」

そう言われてご主人に会ったけれど、抱きついて彼の胴に両手を回しても、以前同様背中

には届かなかった。

美人でスタイル抜群のキムは、ダイエットクリームソーダが大好きだという。「おいしいわよ。一度試してみて」と勧めてくれたので飲んでみたけれど、むちゃくちゃに甘くて閉口した。ビンの横に書かれている成分表を見ると、たしかにカロリーが低いようではあるが、人工的な糖分の味が過剰と思われる。こんな奇妙なダイエット飲料を作るくらいなら、甘味のない飲料をもっとたくさん売り出せばいいのにと言いたい。が、その手のものは不思議なことに、今のところ、あまり見かけない。

第一、キムほどのプロポーションのいい若い女性が、なぜダイエットに気を配らなければならないのだろう。あるとき、何気なく聞いてみた。すると、

「だって、私のような体型は、放っておくとどんどん太ってしまうんだもの。今から気をつけないとだめなのよ」

という返事。そういえば、日本の若い女性のなかにも、過剰なほどの〈痩せたい願望症候群〉がいたけれど、それ以上に、アメリカ人のダイエットへの関心の高さには切実感があるようだ。

「その点、サワコはスキニーねえ。少し太ったほうがいいくらいだわ」

日本においては決して「痩せすぎ」の部類に入らないと思われる私が、この国に来ると、

どうしようもない小動物扱いを受け、食べろ食べろと叱られる。でも、調子に乗って食べ続けていたら、今に私もダイエット食品愛好人種の仲間入りをしなければならなくなるかもしれない。

チーズバーガーと鮭茶漬け

日本ほど世界各国の料理を食べられる国はないだろうと思っていたが、なんのなんの。ここワシントンD. C. にもかなりいろいろな国の料理屋さんがある。

中華、イタリア、フランス、インド、韓国料理はもちろんのこと、タイ、ベトナム、エチオピア、ペルシャ、キューバ、ギリシャ、ブラジル、アルゼンチン、ペルー、モロッコ、ロシア、スペイン、メキシコ。挙げるときりがないので、これくらいにしておくが、そりゃもう、さまざまである。もちろん、こちらにくると外国料理の範疇《はんちゅう》に入れられる日本料理店も三十軒をくだらないと言われている。

たとえば、アダムズモーガンという地名の界隈には、とくに中南米、スペイン、アフリカ系の店が多く立ち並ぶ。それぞれの民族衣装をまとった従業員が、黒豆スープやシシカバブなどの料理を運び、魔訶《まか》不思議な匂いが漂って、食欲をそそられる。

しかし、基本的にお客さんはアメリカ人よりむしろ、それぞれの国の出身者らしき人たちのほうが多いように思われる。つまり、移り住んだアメリカで、故郷の味に親しんでいるといった様子なのである。

とくにアジア系のレストランにはその傾向が強く見られるようで、中華料理屋さんに入っても、韓国焼き肉店に入っても、ほとんどのお客さんは、その国出身の人たちばかり。飛び交う言葉も母国語ばかり。ここははたしてアメリカだったかと疑いたくなるほど異国情緒に溢れている。

もちろん、アメリカ人向けのお店がないわけではなく、中華街に行くと、アメリカ人に好まれている中華料理店もある。ただ、そういう店では、当然のことながら、アメリカ人の舌に合う料理が作られるから、概して甘口傾向。メニューもブロッコリーとチキンの炒めものとか、オレンジ牛肉、チキンとカシューナッツ炒めなどが名物だ。

個人的に私はアジア系の料理が好きなので、ベトナム、タイ、中華料理屋さんには頻繁に通っているのだが、人に教えてもらって、「ここはおいしい店」というところへ行くと、ほとんど本国のお客さんしかいない場合が多い。

おいしい店を見つけるコツは、本国の人たちが多く集まるかどうかを確かめることだとは日本でもよく言われるが、これだけ移民が多い国においては、その需要は日本の比ではないだろう。

つまり、移民の数や種類ほどに、外国料理屋が増えるのであって、何もグルメのアメリカ人のためにオープンしたわけではないということらしい。

私の気に入っている店で、ベトナム麺だけを食べさせるところがある。決して洒落ているとは言いがたい、体育館のような店だが、週末のお昼ともなると、店先にベトナム人の行列ができてたいへんな騒ぎとなる。すでに二十回以上通っていたが、いつ行ってもアメリカ人の姿はほとんど見かけられない。

入口にはベトナム語の新聞が置いてあり、ベトナム語の伝言板が壁に張り出され、店の中央にはニコニコ顔の大福様の像が飾られている。ベトナムの人たちにとってこの店は、まさに情報交換の場、故郷の空気をかぐことのできる貴重な場所に違いない。

かつて日本でアメリカ人の友達を案内したことがある。食べることに関してはとても積極的で、あらゆる日本料理を試してみたいと言うので、つい張り切って、天ぷら、寿司、蕎麦、しゃぶしゃぶなどの店に連れて行ったり、家でお惣菜を食べさせたりした。そのたびに彼は、「おいしい、おいしい」と目を丸くして感激してくれた。が、数日たったある日、いつものようにお箸を片手に「すばらしい」と言ってから、「でも……」と少々言いにくそうに切り出した。

「でもさ」

「でも、何？」

「明日の晩はチーズバーガーにしようか」

そうか、アメリカ人にとって、ときどき食べなければ胃が収まらない故郷の味とは、ハンバーガーであったのかと、再認識したものだ。

私に言わせれば、「何、晩ご飯にハンバーガーだけ?」と怪訝《けげん》な顔をしたくなるけれど、きっと、この気持ちはアメリカ人にしかわからないだろう。

そういう日本人が外国に出ると、これまたこぞって日本料理屋に集まるのである。

かく言う私めも、先日、ワシントンの日本料理屋さんを訪れて、久しぶりの鮭茶漬けに舌鼓を打った。何しろ、鮭に関しては、日本よりも脂のよく乗ったおいしいものがはるかに安く手に入るので、うれしくなるのである。つい、「ああ、幸せだわ」と、世にも満ち足りた声を発する。

と、同行したアメリカ人の友達が、ぼそっと言いおった。

「ふうん、これが日本人の晩ご飯かあ?　なんかブレックファーストのシリアルみたいに見えるけど」

2.

白い花束赤い花束

寝床いらず

趣味はなんですかと問われると、しばし迷ってから、いつも出てくる答えは決まって、「寝ること」である。

しばし迷う理由は、それ以外にもう少しましな答えはないかと探すからだが、結局思いつかない。いや、思いつかないわけではない。かつてさかんにお見合いをしていた時代には、釣書《つりがき》にもっともらしい趣味のあれこれを書き連ねたものだ。

テニス、スキー、音楽鑑賞、編み物、織物、料理……。

実際、それらは私にとって趣味と呼ぶにふさわしいだけの重みを持っていた。編み物、織物に関しては、一時期それで身を立てようと思ったほど没頭したこともあったし、テニスは大学時代に始め、当初は授業に出る回数より頻繁にテニスコートに足を向けていた。スキー、音楽鑑賞は人並みにしても、料理については、我ながらけっこうセンスがあるのではないかと思ったこともある。

そんなわけで、当時はこれでも嘘をついているつもりはなかったが、並べてみるとなんだかわざとらしい。いかにも「私、いい奥さん向きでございましょ」と自らを喧伝《けんでん》しているふうがある。お見合いの席で、「佐和子さんって、とても女らしい趣味をお持ちの方なのよ」と、紹介者が私のお見合い相手に話しておられるのを聞いて、ぞっとした。勘違いされては困る。私は決して女らしい性格の持ち主ではございません。これは早々に訂正しなくては。そう思い、相手と会って話をする段になったとき、必要以上に正直になりすぎて、確実にいくつかの縁を逃したものだった。

「休日なんかは何をしているんですか」と聞かれ、「編み物なんぞをして過ごしております」と答えればいいものを、「ぐだぐだ寝てます」と言って微笑みかけたら、相手にいやな顔をされ、しまったと思ったが後の祭り。もちろんその縁談は、向こう様から断られた。

時は過ぎ、テニスもスキーも編み物、織物、料理にいたるまで、没頭するのは年に数回、いやそれ以下となった今、とうていそれらを趣味とは申し上げにくい。その上、釣書を書く機会もなくなったとなれば、何を好きかと自問するに、やはり「寝ること」なのである。

しかし世の中には寝ることにあまり執着しない人がいるものだ。テレビ局にいると、その手の人を、ことに多く見かけるように思われる。みんな寝ない。じつによく寝ない。だいたい一週間に一、二度のペースで徹夜をし、普段も睡眠時間が少ない。たまに私が睡眠不足の状態で局に行き、世にも辛そうな顔をしてみせる。「どうしたの。元気ないね」と聞かれる

ので、待ってましたとばかり、「昨日の夜、四時間しか寝てないもんで」と答えると、

「なんだ、僕は二時間だ」

すると隣りの男性が、「僕は一睡もしていない」。やや憔悴《しょうすい》気味の顔ながら、せっせと仕事に精を出していたりする。

寝ない自慢はさらに膨らんで、「今までいちばん寝なかったのは、連続三日徹夜をしたときだな。最後は身体中の神経がたかぶって、やたらに食欲がわくもんだよ、はっはっは」

余裕の笑いを見せびらかされては、もはや四時間も寝た私の立つ瀬はない。

どうもこの世界、寝ることを罪悪と考えるふしがある。本心のところは知らないが、寝ずに頑張った、寝る暇もないほどに仕事が忙しかったと言い、かつ実行している人間のほうが、偉いらしい。テレビ局に限らず、日本人全般に、そういう風潮があるような気がする。

ある人に言われたことがある。

「限られた命だから、できるだけ睡眠時間を減らして、そのぶん、たくさんの経験をしたいんだ」

そう聞かされたとき、なんと精力的な人がいるものかと感心した。そして、もしかして私はそうとうに人生を無為に過ごしているのだろうかと少し反省した。

幼い頃、父の運転する車の後部座席に座ると、まもなく私は隣りの兄のひざを枕にして寝

てしまうが、兄はずっと窓から外を眺めて見聞を広めた。その差は確実に成績に表れて、ことあるごとに母に叱られた。

「なんでそんなことも知らないの？　お兄ちゃんはいつも外に目を向けていたから、いろいろな知識を自然に身につけたけど、その間、あんたはずっと寝ていたからねえ」と。

そんなふうに言われ続けても、寝ることへの思いは断ち切れず、中学、高校に進学するとさらに、大事なときには決まって睡魔に襲われた。

試験の前日に、友達から電話がある。

「どう、調子は。何ページまで読んだ？」

「だめだ。間に合わない。あたし、今夜はぜったい徹夜するからね」

宣言すると、あきらめの早い友人は、じゃ、頑張って、あたしは観念してもう寝るわと言い、電話を切る。それから一時間もしないうちに、私は教科書におでこを押しつけて、あるいは、ノートを胸に抱きつつ床にうずくまり、あるいは階段の途中に座り込み、あるいは居間のソファにもたれながら、部屋中の電気を煌々《こうこう》とつけたまま、深い眠りに落ちているのである。

「また佐和子か、つけっぱなしにして。寝るならちゃんと電気を消して、寝床で寝なさい」

何百回、父に怒鳴られたことだろう。そして翌日の試験の結果は当然のことながら、あきらめの早い友人と、なんら変わりがないことになる。

青春時代に培《つちか》った生活習慣は、そう簡単に消えるものではないらしい。それどころか、すぐ寝る、どこでも寝る、という特技は歳《とし》を経るごとに磨きがかかっているようだ。

先日、新たにベッドを購入しようかと、親しい女友達に相談をした。これだけ寝ることが好きなのだもの、少し贅沢をして、いいベッドを買おうかしらと言うと、彼女は、

「いや、あなたに高級なベッドは必要ない」と言下に否定する。

「だってベッドで寝ること、ほとんどないじゃないの」

指摘されて気がついたが、その通りなのである。彼女とは何度となく旅行をともにした。ホテルで同じ部屋を取り、「あなた、先に寝て。あたし原稿を書かなきゃいけないから」と言うのは決まって私のほうである。友人は、「悪いわね、じゃ、お先に」とベッドに入り、夜中何度か私を案じて目を覚ますのだが、そのたびに私は、ワープロに頭をのせ、あるいはソファにうずくまり、あるいは床に伏して寝ている……のだそうだ。私としては、本格的にベッドに入ってしまったらおしまいだと思うから、仮眠をしているつもりだが、友達は、結局朝まで寝るのだからベッドで寝ても同じだと言う。そして朝になると私は、「どうしよう、寝ちゃった」と叫び、数日間の旅行中、一度もベッドを使わないことになる。

こんな不安定な寝方をしても、ちっとも健康を害さないのは、眠りが深いせいらしい。むしろ、さあ、今夜は何もすることがない。ゆっくりベッドに入りましょうというときのほうが気持ちが落ち着かず、妙に寝返りが多くなる。

どうも私は、「寝てはいけない」という強迫観念にさいなまれつつ、それでもぐっすり寝ることに、幸福感を見い出すたちらしい。

そして一生、「どうしよう、寝ちゃった」と叫び続けることだろう。

落とした肩

世の男性諸氏にはあまり縁がないと思うけれど、私のような「なで肩人間」は、ときどきとんでもない失態を演じることがある。最近ファッションの傾向が変わったのか、肩の張ったデザインは少なくなってきたが、それでもたいていの場合、肩パッドを利用しなければスタイルが決まらない。

服の組合わせによって厚さを調節したいので、縫い付けるのは面倒だ。簡単に取り外しができるよう、両面テープでつけましょう。と思うところから、失敗が生じる。

最初に恥ずかしい思いをした場所はハワイであった。夕食会に招かれてムード溢れるホテルへ向かう。駐車場に車を停め、気取った面持ちでロングムームーの裾を持ち上げつつレストランに到着、しばらく歓談していて気がついた。片方のパッドがない。テープの粘着力が弱って肩からはずれたらしい。しかし同じ紛失物でも、お財布やアクセサリーなら、この慌てぶりを公表もできようが、肩パッドでは、「まあ、どうしましょ。パッドがない！」とは言いにくい。微笑みながらさりげなく、肩、袖、胸、お腹を手でさすり、しまいにテーブルの下を覗き見て、ひそかにパッド捜索に精を出すが、それでも見つからない。

結局、その日は何を食べても話しても落ち着かぬまま友人と別れ、とぼとぼ駐車場に向かって歩いていくと、あるではないか。美しいブーゲンビリアの花に覆われた白い遊歩道の真ん中に、肌色をした不気味な三角の物体が。急いであたりを見渡して、誰も見ていないことを確認するや、あわれなパッドに走り寄り、すばやく拾う姿は、さながらコソ泥のようだった。

ゴミひとつ落ちていない洒落た小径《こみち》を豪華な衣装のカップルが行き交う。はたして彼らのうち何人が、このみすぼらしい肩パッドに気づいたことだろう。

しかしまだハワイの一件においては、落とし主が私であることを知られずに済んだ。ところが数カ月前。ある方と対談をする直前、対談場所となったホテルのスイートルームにて、その場に集まった十数人の方々とバルコニーへ出た。

「まあ、きれいなお庭が見渡せて、すてきなところですねえ」

優雅な足取りで数歩、歩を進めた次の瞬間、「あっ、アガワさん。何か落とされましたよ」

呼び止められて振り返ると、その方の手に、薄汚れた肩パッド。拾ったご当人、まさかそれが私の胸から落ちたとは思わないだろうかと当惑し、「あ、失礼。これ肩です、肩」などと言い訳しながら、皆に笑われて、ますます恥ずかしい。

今度は、もっと強力な両面テープを買うことにする。

薬の友

旅行先で女が三人寄れば、かしましついでに、その話に花が咲く。

「あなた、どう?」「だめなのよお」

で、翌朝また、仲間を求めて、「でた?」「まだ」。

コーヒーをもっと飲んだ方がいいとかタバコを吸うと効果があるとか、いい薬を持っているからあげようなどと、それまでさほど仲良くなかった間柄の距離がにわかに縮まる。

それにしても、人から勧められた便秘薬というものには注意が必要だ。効果に個人差があるので、「これ、いいわよ」と勧められて素直に従うと、悲惨な目に遭う。必ずお腹を壊すと定評のインドへ行っても終始便秘だったという伯母から、「これを飲みなさい」と渡された量をそのまま口に入れ、仕事先で脂汗が流れ、死ぬかと思ったことがある。

中学三年の夏、野尻湖へキャンプ合宿に行ったときのこと。毎朝、保健の先生が生徒の健康状態をチェックするために、各ロッジを巡回なさる。「お元気ですかあ」という呼びかけに、声を揃えて「お便秘でーす」と答え、先生を苦笑させた。

夕方になると、健康日記をつけて提出することになっていた。その結果によって、薬を手渡される。仲の良かった三人のうち、ひとりだけが呼び出され、錠剤を三つ持ってロッジに戻ってきた。「三人とも同じ悩みを抱えているんだもの。これは三人で分け合おう」ということになり、それぞれが一錠ずつ飲み込んだ。最初に効き目が表れたのは、私である。お腹がグルグル言い出して、痛みを覚えた。しめしめと思い、そっとロッジを抜け出し、離れのくみ取り式お手洗いへかけ込んだ。強烈な臭《にお》いの個室でしばし座り込んでいると、隣りの個室から、かすかに笑い声が聞こえてきた。律義なふたりが、私にいやがらせをしようと、こっそり後ろからついてきて、鼻をつまみながら「アガワー、調子はどうですかあ」。

おかげでこちらは落ち着かず、思うようにことが運ばないまま、ひどく苦しい経験をした。あの頃、さまざまな苦労をしたおかげで、最近はあらゆる対処の方法を得て、まあまあ快便の傾向にあるが、そのためには、良い薬だけでなく、良い友を選ぶことも大切である。

メガネ・コンプレックス

メガネと聞いて真っ先に頭に浮かぶのは、映画『ラブ・ストーリー』のワンシーンである。ライアン・オニール扮する男子学生が図書館へ行き、カウンター係の女子学生アリー・マックグロウと初めて出会う決定的場面。「あのー」という男の声に、ストレートのロングヘアーを後ろで束ね、下を向いて書き物をしていたアリーが、「はい、何でしょうか」と顔を上げる、その瞬間に、かけていたメガネをはずすのである。その仕草が何とも言えずさりげなく、魅力的できれいでとにかく猛烈に粋だった。あのシーンを見て以来、私のメガネ・コンプレックスは始まった。

何とか適度に視力が落ちて、メガネをかけなければならない境遇になってみたい。できれば一日中かけっぱなしというのではなく、本を読むときとか運転するときとか、必要なときだけに限るのがよい。

「あれ、君ってメガネかけるんだっけ？　なかなか似合うね」と声をかけられる。

「そう、ありがとう」と、あのシーンを思い出しながら、ゆっくり、自然に、メガネをはずしてみせる。

サングラスではよろしくない。完成度に欠ける。メガネが存在すべき確固たる必然がなければ、この動作の魅力は半減するのである。だから少しだけ目が悪くなくてはならない。

しかし、昔からモノモライや結膜炎にはなっても、視力に関しては支障を来《きた》したことがない。この間検査をした際も、少しだけ乱視の気が出てきたようですと言われて内心期待したのだが、結局まだメガネをかけるほどではないという結論に達してしまった。

このぶんでは、メガネ片手に念願のポーズを取る頃には、かけられる声も「ありゃ、あんたもそんな歳になったかね」ということになりかねない。

が、まあ、そのときには長年の夢を思いきり込め、洒落た老眼鏡で余生を楽しむことにしよう。

誕生日指輪

「あなたの手って、白魚《しらうお》のようね」

中学の、たしか終わりの頃だった。後ろから聞こえてきた声に思わず振り返って見てみると、机の上にはまさしく白魚が五本、行儀良く並んでいた。

言うまでもないが、私の手のことではない。後ろの席の友達の手である。彼女を囲み、数人の仲間がためつすがめつ、感心しては溜息をついている。

長く細い指。なかを通る血管の動きがわかるほどに透き通って、きめこまやかな白い皮膚。

皺《しわ》の少ない節。薄いピンク色をした爪は明らかに縦長で、決して私の爪のようにズングリと両端で丸まっていたりしていない。どんなに深ヅメをしたところで、まだ縦長になるだけの余裕がありそうな爪である。

白魚の手とは、こういう手のことか。そう認識したのが、じつにその日だったことを忘れることはできない。

白魚手の友達とは、学校を卒業したのちも長く親しいつき合いを続けている。私は彼女の手を見るのが好きだった。手の形が優雅であると、動作もそれにともなうものらしい。格別に性格が女らしかったわけではない彼女が、ひとたびその白く細長い手を動かすと、気品と色気があたりに漂う。大人の女の匂いがするのである。

しかし、その白魚とともに、アクセサリーの店へ入るときは、いつも軽いジェラシーを感じないではいられなかった。

「ねえ、この指輪、かわいいねえ」

彼女がガラスケースのなかからひとつを選び出し、試しに指にはめてみる。と、たちまち指輪が息を吹き返す。小さなガラス玉が白い肌の上でくっきりと浮き上がり、きらきら光っている。

「うわ、かわいい！」

その美しさにつられ、つい私もはめてみようと試みるのだが、私の手の上では、とたんに指輪が息苦しそうになる。可憐なデザインが、「残念ですが……」と拒否反応を示しているように見える。その辛そうな指輪の様子を目にしてしまうと、たちまち買う気が失《う》せたものだった。

白魚友達のおかげで、身につける機会の少なかった指輪に、突然、興味を持ち出したのは、数年前のことである。私同様、長く独身を続けている女友達と香港へ遊びに行った折、彼女がこんな話をしてくれた。

「あたしね、昔から指輪は誰かに贈られるものだと信じていたの。でも、いくら待っても誰もくれない。だから決心したのよ。自分の指輪は自分で買おうって。で、毎年、自分の誕生日の贈り物に指輪をひとつ、買うことにしているの」

これがおととしの、これが去年の分、と言いながら彼女は小さな携帯用のアクセサリー箱からかわいらしいコレクションの数々を披露してくれた。

他人に影響されやすいたちである。しかも私の誕生日が間近に迫っていた。これはグッドタイミング。洒落た思いつきだとすぐに乗り、さっそく宝石屋さんへ赴くことにした。

買うことを目的に宝石店に入るのは、初めてであった。少し緊張気味に店内を徘徊《はいかい》していると、店の人はさりげなく、奥からビロードの箱に納められた豪華な宝石付きの指輪をつぎつぎに出してきた。

「いや、そんな高価なのではなくて、この店でいちばん小さい石の指輪を見せてください」

慌てて頼み込み、やっと出てきた箱のなかには、たしかに小粒だが、よく輝くダイヤモンドのひとつついた指輪があった。注意深く箱から取り上げて、そっと右手の薬指にはめてみる。相変わらず白魚とはほど遠いむっくり指の上で、小さいダイヤモンドが一生懸命光っている。

「あら、よく似合うじゃない。それにしなさいよ」

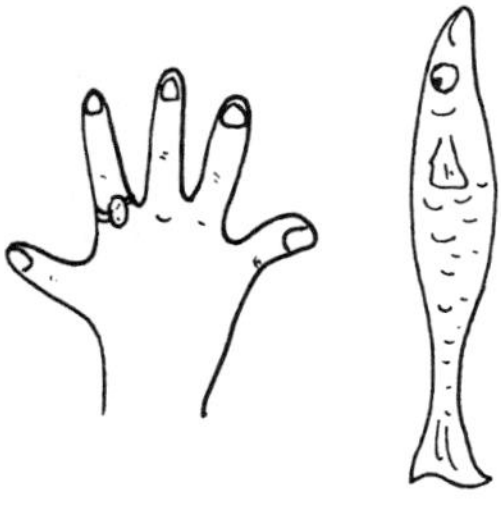

友人にそう言われてみれば悪くないような気がしてくる。けしかけられて、とうとう買うことに決めた。が、決心してから、ふたたび指輪を取り上げて、今度は左の薬指にはめてみる。

「でも、この指輪、ほんとは婚約指輪にぴったりなのにねえ」

とたんに店の人が慌て、「いえいえ、別にご自分でお買いになっても、ちっともおかしいことはありません」と、なんだか無理矢理慰められながら、生まれて初めて自分の力で宝石というものを手に入れた。

その後、誕生日指輪は、香港ダイヤを含めて三つに増えた。

十一月。今年もまた、誕生日がやってくる。今度はどんな指輪にしようかしら。そのことを考えると、うれしさ半分、哀《かな》しさ半分。複雑な気持ちになる。

口紅

たしか高校二年のときだった。友達ふたりが校庭の隅で何やらコソコソしているのを発見し、

「何やってんの？」

覗きに行くと、ふたりは慌てた様子で振り返り、

「何でもないわよ」

その顔を見て、ピンときた。

「口紅塗ったでしょ」

「ちがうちがう、ただのリップクリームだってば。嘘だと思ったら塗ってごらんよ」

彼女たちの持っていたピンク色をしたリップクリームとやらを、そっと唇に押しつけてひと塗りする。急いでお手洗いに飛んでいき、鏡に映る自分の顔を見て驚いた。見慣れた唇が、かすかなピンク色に光っている。その瞬間、なんだかものすごく不良になったような、大人になったような、妙な感覚を覚えたものだ。


それ以前にも、ごく幼い子供の頃、口紅を塗った経験がなかったわけではない。

広島の伯母の家に遊びに行くたび、親の目が届かないのをいいことに化粧台の前に何時間も座り込み、抽斗《ひきだし》のなかの化粧品をかたっぱしから取り出しては、顔につけて遊んだのを覚えている。

まず、ブラシで髪をとかし、続いていい匂いのする化粧水やクリームを頬にすり込む。そ

れからさらに香り漂う肌色のおしろいを、フワフワの羽毛のようなパフを使って頰にはたきつけ、最後に口紅を取り出す。すべて伯母がやっていた通りの順番でやらなければならない。どうもそれがお化粧というものらしい、と理解していたが、そのときは、大人びたという喜びより、我ながら気持ちの悪い顔になったと思った記憶がある。

大学に入学し、ようやく公然と口紅をつけられるようになったとき、最初に愛用したのはアメリカ製のものだった。高校時代の友人がアメリカに留学し、あちらから送ってくれたのである。小包のなかには、見たこともないかわいらしいデザインの口紅ばかりが数種類、詰め合わせになっていた。

アイシャドウかと思うようなペンシル型のもの、ケースがアクリルになっていてキャップを取らなくとも口紅の色が見えるもの、そして、一番気に入っていたのは、白地にかわいい花柄の絵のついた、ピルケースのような容器にはいった口紅である。蓋を開けるとなかにはドロリとした半液体状の口紅が入っている。きらきらと光る、そのオレンジピンクの半液体をそっと薬指の先につけ、唇に塗りつける。と、一面に甘いストロベリーの匂いと味が広がって、とても垢《あか》抜けたような心地がしたものだ。

今なら日本でも売られているのかもしれないが、二十年前の当時は、見かけたことのないシロモノばかりであった。友達の誰も同じ口紅を持っていないことがうれしくて、求められればすぐにバッグから取り出して見せびらかす。ときには人に貸し出したことさえある。甘くておいしいものだから、ついつい嘗めてしまいそうになるけれど、少しずつ大切に塗り続けたおかげで、ずいぶん長く愛用した。なかの口紅を使い切ったあとも、容器はしばらく捨てずに取っておいた。

そんな口紅初級クラスを卒業し、突然、真っ赤な口紅を塗りたくなったのは、大学生活にも慣れた二年生の頃だったと思う。

あるとき、ショートヘアにミニスカートをはいて颯爽《さっそう》とキャンパスを歩いている女性を見かけた。とくに派手なものを身につけているわけではないけれど、真っ赤に輝く唇がとても印象的な美人だった。

「よし、私も赤い口紅をつけてみよっと」

思い立った夜、母の部屋からこれぞと思う一本を無断で借用し、翌日さっそく、テニスの練習にそれをつけて出かけた。

クラブハウスに到着し、「こんにちは」と挨拶すると、そこに集まっていた先輩の男性陣が振り返り、なかのひとりが驚いた様子で、

「どうしたの、アガワ、大丈夫？」

「は？」

「昨日の晩、誰かと喧嘩でもしたの？」

「いえ、別に。なぜですか？」

「だって、唇から血が出てるぜ」

他のどの女の子も、そんなからかわれ方をされたことがないというのに、私だけが笑い者になったのである。よほど赤い口紅が似合っていなかったらしい。

以来、長年、自分には真っ赤な口紅は似合わないものと信じ続けてきた。口紅だけでなく、お化粧自体、私の顔には不釣り合いなものと思い込んでいる。

実際、同じテニスクラブの先輩の前で青いアイシャドウをつけていたときは、

「どうしたの、アガワ。誰かに殴られたの？　目の上が真っ青だぜ」

素顔が一番。無理にお化粧することはない。

そう自分に言い聞かせ、似合わないことを自らに納得させていた。

その化粧嫌いの私がいつの頃からか、口紅だけは塗っていないと落ち着かなくなっている。出かけた先で、「具合でも悪いんですか？　顔色が冴えないようだけれど」と心配され、どうやらその原因は口紅を塗っていないせいだったとわかったときからである。

「血が出ている」と言われた頃が懐かしい。

考える風呂

お風呂に入る機会がここ数年、めっきり減った。といって不潔と思われてはいけないので、誤解のないよう申し上げておくと、近年もっぱらシャワーですませる習慣が身についているからである。

夏に限らず冬でも秋でも春でも、朝、昼、晩、自分の好きな時間を見計らって気軽に浴びることのできるシャワーは、気ままなひとり暮らしの私にとって、まことにぐあいがいい。へんな話だが、急いでいるときなどは、身体全体ではなく部分的に洗浄することも可能だ。つまり足とか腕とか髪の毛とか、そういうことである。

外国のシャワーはバスタブの上に固定されている場合が多く、髪の毛だけ洗うなどといった器用な真似はできないが、日本のシャワーはその点ホースがついているから、ヘッドを外して、あちこち移動させることができ、何かと便利なのである。

シャワー党になったもうひとつの理由に、昨今のアパート事情がある。アパート暮らしはこれで三軒目になるが、そのうち二軒は、風呂場に洗い場というものがなかった。いわゆるユニットバスタイプで、手洗いと風呂桶が隣り合っている。お風呂に入るとなると、まずバスタブにお湯を張り、入念にお湯の温度を調節した末、やっと湯船に浸《つ》かっても、身体を洗う段には、せっかくいい湯加減になっているお湯を全部捨て、空《から》のバスタブのなかで石鹸を身体中につけたあと、結局最後にシャワーを浴び直すことになる。そんな不経済で手間のかかることをするくらいなら、シャワーだけで充分だと思ってしまう。

それでもときどき、ゆっくりお風呂に入りたい衝動にかられる。たとえば肩凝りが激しいとき、芯から身体が冷えたとき、「入浴は美容に良い」などといった雑誌記事を読んだ直後など。

そんな確たる理由がない場合でも、突然、無性にお風呂に入りたくなることがある。

子供の頃は、お風呂に入るのが面倒くさくてしかたなかった。当時、我が家のお風呂はガス風呂で、蛇口をひねればすぐお湯が出てくるというものではなかった。

まず風呂桶に水を張る。西洋型の今のバスタブとは違い、木製の風呂桶は底が深いから、適当な水量になるまで、そうとう時間がかかる。じっと待つのも辛いので、しばしその場を離れ、居間へテレビを見に行ったりする。ちょっと画面に見とれているうちに、

「誰?　お風呂入れてるのは。水が溢れてるじゃないの」

母の声が飛ぶ。最初に蛇口をひねった人間が自動的にその日の風呂番となり、仕事を怠ったとたんに叱られるはめとなる。

かくして風呂番は慌てて水を止めに行き、次にガスの火をつけにかかる。これが怖い。口火近くにマッチの火を近づけ、ガス栓をひねるときは毎度、決死の覚悟である。ボッという不気味な音に思わず身を退かせ、マッチ棒を手から落としてしまう。ようやく無事に点火できたあかつきには、やれやれ今日も死なずにすんだと安堵《あんど》する。

さて続いて湯加減チェック。これがまたやっかいだ。最初のうちはまだいいが、そろそろお湯が温まってきたかと思われる頃から忙しくなる。お湯の表面が熱くても沸いたと思ってはいけない。桶を使って湯船に手を突っ込み、力いっぱいかき混ぜる。すると、底のほうに溜った冷たい水が、上部のお湯と混ざり合い、ふたたびぬるくなる。そんな作業を何度か繰り返さないと、ほどよい湯加減にはならない。

お湯をかき混ぜるのは子供にとって重労働である。まくり上げた袖は濡れ、突っ込む右腕が火照《ほて》って赤くなる。最後に、立てかけてある木の蓋を一枚ずつ取り上げて、湯船を閉じていく。ときどきバランスをくずして蓋がお湯のなかに落ちる。中断しているテレビを早く見たさに焦るものだから、ますます失敗を繰り返す。ああん、だからお風呂は嫌いだよ、と恨みがましく思ったものである。

あれだけ苦労して沸かしたお風呂だが、いざ入る時は熱くなりすぎているのが常だった。水道の蛇口をひねって水を足しながら、木蓋を使い、またしてもかき混ぜ作業。浮力で抵抗する蓋をあつあつのお湯のなかに押し込んで、湯気の立ち込める湯面を睨む。

ならば二番風呂がいいかといえば、そうでもない。誰かのあとに入るお風呂は、表面に浮いた垢除去から始めなければならない。片手桶を使い、水面に浮く垢だけをそっと掬《すく》い上げてゆく。しかしながら、これはちょうどスープの灰汁《あく》取りの要領に似ていて、料理の真似ごとが好きだった私にはまんざら嫌いな仕事ではなかった覚えがある。

かくしてようやく湯船に身体を沈めると、あっという間にのぼせ上がる。

「まだまだ、まーだ。ほら、肩まで入って。二十数えたら、上がってよろしい」

母の声色を使って、自分に言い聞かせ、ひとりで我慢大会を演じた。溢れ出るお湯を見ながら、理科で習った容積の計算について考えたのも、タオルに空気をためて風船を作り、魚の浮袋のしくみを思い出したのも風呂のなか。いかに耳や目にシャンプーを入れずに髪を洗うことができるか、水のなかでどれほど長く息を止めていられるか研究したのも風呂のなか。

思い返せば、お風呂で多くのことを学んだものである。最近はお風呂に入っても、こんなに考えることはしなくなった。

別れ駅

ワシントンからニューヨークまでは約五〇〇キロ、ちょうど東京―大阪間と同じほどの距離である。しかし地図を開くと、大きなアメリカ大陸のなかでふたつの都市はほとんど隣り合っているように見え、その上一時間に一本の割合で頻繁にシャトル飛行機が往き来しているので、感覚的には実際より近い気がする。

そのふたつの大都市の間には、飛行機だけでなく列車も走っている。私の場合、ここワシントンからニューヨークに用事があるときは、アムトラックと呼ばれる列車を利用することが多い。料金が飛行機の半分くらいですむという利点に加え、フィラデルフィア、ボルチモアなど東海岸沿いの数々の町、のどかな田園風景を眺めることができ、正味三時間ほどの旅の情緒を味わうには、断然、列車のほうが楽しいからだ。

私の父は乗り物好きで、なかでも列車に対する思い入れは格別のものらしい。七十歳を超えた今になっても、汽車の話をするときの父の表情は、よく小学校のクラスにかならずひとりやふたりいる、得意になって他の生徒に知っているかぎりの知識を説いてみせる〝歩く乗り物図鑑〟タイプの男の子のそれに似ている。

十数年前、父とふたりでヨーロッパを旅したときは、列車に乗るたびに驚いたものだ。駅に着き、プラットホームに我々の乗る予定の列車が停まっているのを見るとたちまち、父は持っていた荷物を放り出し、「すまんがおまえ、ここで荷物の番をしていてくれないか。俺はちょっと見学してくる」と言うなり、呆気《あっけ》に取られている娘を置き去りにして、さっさと姿を消してしまう。出発時間が迫っても、なかなか帰ってこない。いったいどこへ行ったのかと、やきもきしているところへ、ようやく嬉しそうな顔で戻ってきて、「乗り遅れるわけないだろ。俺は列車のことはすべてわかっているんだから」。

そして車内に乗り込むと、今度は窓際の席をしっかり陣取って、「おまえも景色が見たいか？　あとで替わってやるからな」。

幼い頃に夢中になると、いくつになっても最初に覚えた楽しみ方を繰り返したがるものらしい。幼児のような父の興奮ぶりにはとうていついていけないと思ったものである。

父だけではない。息子たちが揃って父の影響を受け、乗り物好きときている。兄は昔から飛行機や列車に乗ると、いちいち写真を撮ってアルバムに貼り、大学時代は自ら「商船研究会」と称したクラブを作り、暇を見つけては港に停泊中の外国商船の見学に出かけていた。

また弟のほうも兄に劣らず乗り物が好きと見え、旅行代理店に入社して、飛行機や船で各地を飛び回っている。

やれやれ、男の趣味というのは一種、救いがたいものがある。

冷ややかに彼らを見ていたはずの私自身が、いつのまにか影響されていたらしい。父や兄弟と離れて友人同士で列車に乗ってみると、ひとりで喜んでいる自分を発見することがしばしばある。

しかし、私が列車の旅、ことに外国での汽車旅を情緒深いと思う理由は、駅にもある。欧米の駅はプラットホームが低い。列車に乗り込むとき、三、四段の急な階段をのぼらなければならない。大きな荷物を持っているときは難儀だが、これがまた昔の情緒を感じさせ、列車を偉大に見せる。力強く頼もしく、乗客を遠い土地へ運んでくれそうな威厳に満ちていて、これから始まる旅への期待、喜び、悲しみ、あらゆるものを包んでくれそうな大きさが伝わってくる。

こういう駅の造りを見ていると、いくつかの物語を思い出す。映画『昼下りの情事』のラストシーンでは、涙をいっぱいためながら、走り出した列車を追いかけるオードリー・ヘプバーンを、ゲーリー・クーパーが列車の乗り口から片手ですっと抱き上げた。いいなあ、あんなふうにすてきな男性にさらわれてみたいもんだ。しかしこれはホームが低いからロマンチックにいくのだろう。ホームが列車と同じ高さにあり、しかも自動ドアになっていたら、気持ちが現実的になってしまう。駅員さんに叱られそうだし、けがもしたくないってことになり、ま、手を振ってさようならで、この恋はおしまいにしようなんて思うかもしれない。キャサリン・ヘプバーン主演の『旅情』にもベニス駅のシーンが出てきた。あのとき彼女が着ていたジャンパースカートが洒落ていると憧れた。

ケストナーも駅が好きなのか、彼の小説のなかには駅の場面が数多く見かけられる。『飛ぶ教室』の冒頭には母親と別れる場面があり、旅立つ息子のケストナーに向かい、お母さんが白いハンカチをふりながら「洗濯物を送ってよこすんですよー」と叫ぶ。別れの言葉として、これほど粋で愛情に満ちた台詞があるだろうか。このあたりの描写が子供の頃から妙に印象深かった。

先日、ワシントンの中央駅であるユニオン・ステーションに友達を送りにいった。日本から来た友人夫婦が、アムトラックでニューヨークに行くと言い出したからである。

別れの挨拶をしている私たちの横で、老婦人を抱きしめ、頬にキスをしている紳士がいた。母子らしい。

「気をつけて、母さん。電話するから」

「ああ、おまえもね」

その隣りではいつまでも強く抱き合い、無言の別れを確認している若い男女がいる。それらの感動的場面を横目に見ながら、

「じゃ、どうも」

「どうもどうもー」

何度もお辞儀をし合い、おたがい照れ臭そうに言葉を交わす私たちは、どう見てもロマンチックとほど遠い。

が、それでも胸にジンと込み上げてくるものを感じたのは、きっと駅の雰囲気のせいだろう。

値引き占い

ワシントンD. C. の町中を車で走っていると、ときどき〈パームリーダー〉と赤や青の電光文字で書かれた家を見かけることがある。パームとは手のひら、リーダーは読み手だから、手相読みという意味だ。
アメリカにも手相占いがあったのかと驚いた。格別占いに凝っているわけではないが、日

本のものとどれほど違うのか、興味をそそられる。一度立ち寄ってみたいと思っていたところ、「私も行きたい」という日本人の友人が現れて、これ幸いとばかりふたり揃って覗いてみることにした。

外見は普通の一軒家である。玄関のベルを鳴らすと、なかから若い女性が現れた。薄地のドレスを身にまとい、色白で、茶色い目の輝きが謎めいた中東系美人である。

「ハーイ。こんにちは。なかへどうぞ」

低い声で我々を招じ入れながら、彼女は念力でもかけるかのような鋭い目でこちらを見つめた。

「占ってほしいんですが、値段はどれくらいでしょう」

するとたいそう事務的に、「手相だけならひとり二〇ドル。タロットカードもやりたければ、プラス一〇ドル」と早口で答えた。お世辞にも流行《はや》っているとは思えないこの家に、飛んで火に入る夏の虫よろしく、すぐに応じる手もないだろう。少し強気を装って、

「それは高い。もうちょっと安くなりませんか？」

一般的にアメリカ人は、交渉や討論が得意である。それは必ずしも値段を引き下げたり自分の利を勝ち取ろうとするのではなく、たがいの主張を心ゆくまで出し合って、相手を理解し、納得することを楽しんでいるかのようにも見える。一方、他人と口論すること自体に慣

れない日本人は、交渉ごとを避け、すぐにお金を払って解決しようとするようだ。そこがアメリカ人には不可解なところだと指摘されたことがある。ならば、なるべく値引き交渉も率先してやろうじゃないか。意気込んでみるのだが、うまくいったためしがない。

ここでも慣れぬ料金駆け引きを始めてみたのはいいけれど、しばらく交渉するうちに、相手の女性がだんだん怖い顔になってきた。そろそろ決着をつけたくなる。ところが同伴した友人は値引き交渉が好きらしい。「もう一声」とか「うーん、まだ高い」などと言ってなかなか引き下がろうとしない。

「もう、いいじゃない。それくらいで妥協しようよ」

小声で制するが、彼女はまだ頑張ろうとする。占い師はとうとう「わかったわ。じゃ、ふたりで二〇ドルでどう？」

強《こわ》ばった顔のまま、居間に続く小部屋に私たちを通した。

キムというアメリカ人の友達が、しきりに占いの話をしてくれる。

「すごいのよ。去年の初めに占ってもらったら、あたしのボーイフレンドの名前まで言い当てたの。ジェイミーっていうんだけど、『Jの字で始まる。ジェイムズか？』って。驚いたわ。でも、私の最終的なパートナーはデイビッドだって、その人は言うのよ」

以来キムは、デイビッドという名の男性に会うたび、「もしや?」と思うようになったという。

ニューヨークにはたいそうすぐれた透視能力者がいるという噂を耳にしたこともある。

「彼はね、写真を見ただけで、その人の考えていることや、健康状態なんかも言い当てるの。ユリ・ゲラーどころじゃないのよ。私が日本にいる両親の写真を見せたら、『あなたのお母さんは病気だ。お父さんは車を欲しがってる』って言うの。で、すぐに実家に電話をかけたら母が、『あなたが心配すると思ったから隠していたけど、今、病院通いをしてるの。父さんはたしかに車のカタログを集めているわ』と言うんで、ぞっとしちゃった」

こんな話を立て続けに聞いていたせいかもしれない。アメリカの占いは、日本よりずっと具体的でおもしろそうだと期待していた。

カーテンで仕切られた小部屋に入ると、小さな机を挟んで双方、椅子に座る。中東系占いおねえさんは、しばらく私の手のひらを見つめていたが、ふいに沈黙を破った。

「あなたは近々、海外へ旅に出るでしょう」

おお、すごいぞ。もうすぐ日本に帰ることを示しているのだろうか。

「そして、その旅が、あなたに大きな変化をもたらします」

私はだんだん興奮し始める。それはどんな変化ですかと聞く間も与えられぬまま、続いて、

「あなたは温かい心を持っていますが、少し短気です」

ふんふん、なるほど。たしかに短気かもしれない。

「そして八十四歳まで生きるでしょう」

仕事や結婚について尋ねると、どちらも「この数年内にうまくいくでしょう」とかわされ、「それ以上、鮮明に見えない」と言い切られてしまった。

気がつくと、彼女はほとんど私の手相など見ておらず、手のひらの少し上あたりに視点を置いて、まるで遠くを見つめるような目で、ときどき私の目に視線を戻し、一気に話し終えた。

その瞳は美しく、どこかアラビアの砂漠の真んなかの、テントのなかで占ってもらっているような気分である。

「どうもありがとうございました」

最後にぺこりと頭を下げると、彼女は初めてかすかな笑みを見せた。部屋の外には、先に見てもらった友達が待っていた。

「どうだった？」

「うん、まあまあね」

帰り際、感謝の意味を込めてチップを渡した。期待したほど詳細にわたる結果ではなかっ

たが、なんとなくこの女性に親しみを覚え、最初に値切りすぎた後ろめたさも感じていたからである。

「あら、私に？　ありがとう」

チップを受け取った占い師は、それまでとは打ってかわって明るい顔になり、少女のように屈託のない笑顔を見せた。

「また来てね。今度はタロットカードもやってあげましょう。水晶玉占いもやってるのよ。じゃ、待ってるわ」

占いもサービス業である。彼女の豹変振りを見ると、どうも値切った分だけ能力の出し惜しみをされたような気がして、おかしくなった。

自動車日記

1

ワシントンに到着して最初に驚いたのは、車の安全ベルトである。空港に迎えにきてくれた知人の車の助手席に座り、ドアを閉めた途端、自動的にベルトが身体の上にかぶさってきた。なんだか悪いことをして捕らえられた囚人のような気分になり、思わずぎゃーと叫んだら、

「大丈夫。そんなにきつく締まるわけじゃないから」

運転席の知人は笑うけれど、初めてこんなきっかいな自動安全ベルトに出くわしたら、誰だって驚くに違いない。

何と言いましょうか、これを文章で説明するのはとてもむずかしいのだけれど、まずこの自動安全ベルトの場合、ベルトは一本と考えていただきたい。つまり、肩から腰にかけて装着するぶんだけで、お腹に巻くほうはない。着脱箇所もなし。ベルトはつねに座席の上にかぶさっている。ただ、ドアと天井との境目の線に沿って細いレールが走っており、ベルトの片側はその上を自動的に行き来するのだ。すなわち、ドアを開けるとベルトはレールに沿って前に移動するが、人が座り、ドアを閉めるなり、グインと身体を締めつけるというぐあいである。

おわかりいただけたでしょうか。わからないでしょう。百聞は一見にしかずなんですけどねえ。

まあ、そんな安全ベルトを考えつくとは、さすがに合理的でめんどくさがり屋のアメリカ人らしいと感心していたところ、必ずしもこれ、大好評というわけではないらしい。あるア

メリカ人の友達に言わせると、「これはね、とても使いにくいっていうんで、もうすぐ廃止されるのよ」。なんだ、そうだったのかと思っていたら、次に会った人は「すごく便利だ」と言うし、また他の人は「そりゃ、エアーバッグが一番さ」と言う。とにかく会う人ごとに違うことを、しかも大変に自信たっぷりの調子で述べるので、混乱する。

「アメリカにいると、三分に一回のわりで判断を求められるからね。すぐ決めなきゃならないんだよ。あいまいにしていると、置いていかれるよ」と、こちらに長く住む日本人の友達。そんな怖いことを言われても、人生これ、すべてあいまいに生きてきた私としては、どうしたらいいものか。

で、結局、この自動安全ベルトはどうなのかと言えば、もう少し使って慣れてみないとわからないけれど、悪くはないんじゃないでしょうか。と、あいまいに答えておこう。

2

ワシントンのタクシーにはメーターがついていない。走行距離ではなく、ゾーン制といって市内をいくつかの地区に分け、その区域をまたがるたびに価格が上がるというシステムになっているからだ。一見、合理的とも思えるが、その計算方法はなかなか複雑で、しばらく乗り慣れないと客側には理解しづらい。降りる段になって、いくら請求されるかとおろおろしつつ、ひたすら、運転手さんがいい人でありますようにと祈るしかないのである。

ワシントンに来て、初めて郊外の友人の家までタクシーで行ったときのこと。アパートの前から乗り込むと、「ハーイ、お元気ですか」と、とても愛想のいい運転手さんだったので、ひとまず安心。で、行く道々も楽しいおしゃべりが延々続き、「僕は日本に友達がいるので、来年は訪ねようと思っているんだ」とか、「あなたはとてもきれいだね」なんてお世辞まで言ってくれちゃって、ますますゴキゲン。すっかりいい気分になり、無事、目的地に到着したところで、「おいくらですか？」と尋ねたら、ばかに高めの値段を請求された。……ような気がした。何しろメーターがついていないから、高いか安いか、判断する手立てがない。しかたなく、「ちょっと待って」と言い残し、家のなかに飛び込んで友人に相談したところ、

「そりゃ高すぎる。あなた、だまされてるわよ」

彼女の一言に俄然《がぜん》、勇気づけられて、運転手さんに抗議した。

「そんな値段になるはずはないですよ！」

すると、それまで機嫌のよかった運転手さんの顔が急にふくれ面《つら》に変わり、

「どこに文句があるんだ。ここに到着するまで、俺とあんたはあれほど楽しかったのに。俺は精一杯、親切にしたよ。で、あんたがハッピー、俺がハッピーだったのだから、料金は正当だ」と、何やら夫婦喧嘩の慰謝料取り決め交渉をしているような雰囲気になり、少しだけ

運転手さんが気の毒になってしまった。

結局、決め手になる証拠がないので、両者の言い分をすり寄せて、一件落着と相成ったのだけれど、得をしたのか損をしたのかわからずじまい。仲良くなったはずの運転手さんとは気まずく別れ、後味の悪さだけが残った。

それ以降、タクシーに関して一度もいやな思いをしたことはないが、乗って降りるまではいつだって、いったいいくらになることやら、ドキドキの止まらない謎に満ちたワシントンのタクシー・ツアーなのである。

3

レンタカー屋さんに行って三、四日、車を借りたいと申し出たら、「今日はこれしかない」と、ムスタングのコンヴァーティブルカーの鍵を手渡された。

乗ってみると、車内は汚れ、ラジオは壊れ、電動ミラーは動かないときている。それでも、屋根が開くというのは捨てがたい魅力。これしかないという話だし、しかたない。多少文句はあるものの、借りていこうかともったいぶって、内心へらへら喜びつつ、発進させたのであった。

オープンカーに乗ったのは、これが初めてというわけじゃないけれど、やっぱりかと再認識した。やっぱりカッコいいのである。どうしたって人目を引く。信号待ちをしていると、四方から視線を感じるし、同じようなオープンカーが隣りに並べば、「ね、気持ちいいね」と顔を見合わせて満足気に頷き合える。借り物であるから、それほど大きな顔はできないが、これが自分で買った車となったら、三日でナルシスト化すること請け合いだ。

こういう自意識過剰型車に乗っている人は、いったいどんな人種なのだろう。ご縁があったついでに観察してみると、必ずしもカッコつけたがりの若者とは限らない。カッコつけてかれこれ五十年くらい経《た》ち、キザも今や、かまぼこのごとくしっかり板についたような白髪紳士だったり、はたまた地味めのスーツに身を包んだビジネスマン風だったり。そういうさりげない人を見ると、にわかナルシストとしては、「参りました！」と頭を下げたくなる。

これだけ人目についてなお、カッコよさを保つのには、そうとう年季を要するだろうということが、運転してみるとよくわかる。

たとえば暑い日。はた目には風を切って気持ちよく走っているように見えるが、実際はかなり暑い。強烈な太陽の光を浴びて、日焼けはするわ、風はぬるいわ、髪はバシバシ顔を叩くわ。屋根をかぶせてエアコンを入れたほうが明らかに快適なのである。しかしそこがオープンカーを持った因果とでも申しますか、我慢が肝腎《かんじん》である。

急に雨が降り始めたときのことも考えなければならない。私の借りたムスタングは屋根の操作が電動であったが、最後の装着部分にはものすごく力が必要で、とても走行中におこなえるしろものではなかった。あ、雨だと思ったとき、ちょうどハイウエイを走っていたので、車を停めようと思っても、駐車場所が見つからない。ようやく出口にたどり着き、一般道路に出て路肩に車を停め、屋根をかぶせ終わった頃には、身体も車内もずぶぬれ状態。あげく、俄《にわ》か雨はそろそろ上がりかけているという、洒落にならない有り様であった。

ナルシストになるのも、楽じゃない。

4

イタリアのローマに行って驚いた。しばらくアメリカに住むうちに、大きいものに馴染んでしまったせいか、車も道も小さく見えてしかたがない。まるでミニチュアの町にいるみたいな気分になる。チビな私にとってはうれしいかぎり。「よう、ご同胞！」と走る車に声をかけたくなるほど、親しみを覚える。

石畳のくねくね狭い路地、これがまたいい。路肩に一台駐車したら、他の車は絶対通り抜けられないような（それでもみんな停めている）、角から何が出てくるかわからないような視界の悪い道が、なんとも言えず楽しい。自動車文化に対する配慮や思いやりなんて、これっぽっちも考えられていない町の造りときた日にゃあ、感嘆の溜息が漏れるほどだ。

それでもローマの人々は、そんな博物館のごとき古い街並みを、ミニカーやバイクに乗って猛烈な勢いで通り抜けていく。

三車線幅ほどの道路（そういう広い道もないわけではない）の交差点で、左折しようという車がいちばん右のレーンから突然飛び出して来た。そりゃ、アータ、無茶でしょって感じだ。直進しようとしていた他の車は急ブレーキをかけざるをえず、前をさえぎられて動けない。ドライバーは皆、両手を上げて、「呆《あき》れたもんだ」という顔をしている。

しかし、それ以上、怒っている人の姿はない。激情のイタリア人と聞いていたわりには、意外に皆さん、おとなしい様子だ。「どうして？」と、私の運転手さんを務めてくれていたアウレリオおじさんに尋ねると、

「みんな、自分もやるから、あまり怒れないの」。

ローマではどの車にも、右（助手席）側のフェンダーミラーがない。狭い道を抜けるとき邪魔だといって、誰もが抜き取ってしまうのだそうだ。さすがに両側とも抜いたら違反になるので左のミラーはかろうじてついているが、なんだか二輪車みたいだ。

ローマのあと、メキシコを訪れたのだが、メキシコのタクシーは全部フォルクスワーゲンのビートルだった。2ドアじゃ、お客さんはさぞかし乗りにくいだろうと思ったら、助手席を取り払っているから問題なしなのだそうだ。実際、乗ってみたところ、外見は小さいのに

乗り込むと広々しているという、雪で作ったカマクラ感覚の車内である。運転手さんとの境がないから、言葉も通じないのに妙に会話がはずんだりして、可笑《おか》しかった。

それぞれの国の車には、それぞれの国民の哲学が反映されていて、おもしろいものである。

小さなカレンダー

毎年、暮れが近づく頃になると、いつにも増して本屋さんや文具店に足が向く。カレンダーを覗きたいからである。

この季節はどの店にもカレンダーのコーナーが設けられ、かわいい動物、花、美しい景色などの写真がついたカレンダー、外国のカレンダー、漫画のキャラクターカレンダー、珍しいカレンダー、あらゆるカレンダーがずらりと並び、それはもう、見るだけでウキウキしてくる。

来年の一年間、どんなカレンダーを飾ろうか。自分の部屋を思い浮かべながら、一枚一枚繰ってみる。一月は洒落ているけれど、三月の絵が今ひとつ、気に入らないなあ。こっちは色が強烈すぎて一年間じゃ飽きるね。そうだ、私の誕生月の柄はどうなっているだろう、などとひとり勝手に遊んでいると瞬《またた》く間に時間が過ぎ、まあ、買うのは次回にしようかと店を出る。頭のなかはすっかり翌年のことでいっぱいになり、それだけで充分幸せな気分に浸ることができる。

店の人には悪いけれど、私は歳末カレンダーからかい常習犯である。

子供の頃好きだった歌に、「小さなカレンダー」というのがあった。ＮＨＫの「みんなのうた」で流れていたもので、どなたの作詞作曲かは記憶にない。たしかその歌は、

「とてもステキなことばかり書いてあるんだ。ぼくのカレンダー……」

と始まって、主人公の少年が四季折々の情景を思い描きながら、カレンダーを一枚ずつめくっていく。

「おたまじゃくしがプルプル。かえるになってねクワックワッ。おいけではねたらランラン。はるのページ」

夏は海へ行ってピチャピチャ泳ぎ、秋は栗を拾ってストーブで焼く。うーん、とてもいい匂い。そして粉雪がチラチラ舞う頃に、みんなが待っているクリスマス。ディンドン、ディンドンという鐘の音と男の子の声に大合唱が加わって、ドラマチックに終わるその歌を、私は何度も歌っては酔いしれた。あの頃は、カレンダーを一枚めくったとたん、本当に季節が

変わったと実感したものだ。

父はこの数十年、ずっと同じカレンダーを使っている。それは、何度、家を越しても変わることなく、掛けられる場所は電話機の横と決められてきた。

白い台紙の上に黒い罫《けい》と小さめの数字が書かれているだけの、飾りも模様もない金輪際《こんりんざい》あっさりとしたカレンダーだから、実用主義の父に向いているのだろう。用事の電話がかかってくるたびに、父は左手で受話器を握り、右手に鉛筆を持ってカレンダーに向かう。

「はあ、金曜日ですか。あいてますが……。七時に銀座ですね。はいはい」

応対しながら鉛筆でカレンダーに必要な用件を書き込んでいく。その後ろ姿を見て、父が仕事をしていることを認識したものだ。

父のカレンダーに子供が勝手に書き込みをすることは許されなかった。月が変わっても無断で新しい月をめくると叱られた。そこで私はよく、母に尋ねたのを覚えている。

「カレンダー、もういいでしょう?」

母の許可さえ下りれば新しい月に変えることができる。バリバリという音を立てて一気に紙を破き、何も書き込みのない真っ白いページを前面に出す快感を、自分の手で味わいたかったのである。

「ちょっと待ちなさい。きれいにね。そうそう。で、破ったほうは捨てないのよ」

書き込みのあるカレンダーは父の仕事の記録である。これを捨ててしまったら、どんなに父が怒るか、幼心にも重々承知していたつもりだが、母は私がカレンダーをめくるたびに慌てて飛んできては同じ忠告を繰り返した。

歳を重ねるにつれ、父は義理の用事で出かけることを嫌うようになった。同時にカレンダーへの父の書き込みの字が小さくなったような気がする。大きな一枡のほんの片隅に、まるでゴミかと思われるようなチマチマとした字で、用件を書き入れる父を見て、

「なんだかおじいさんみたいで、いやねえ」

と母が小声で呟いても、当の本人はいっこうに直す気がない。

「なるべく書き込みたくないんだ。何にも用事が入っていない、真っ白なカレンダーが理想なんだから」

だからこそ、いたしかたなく用件を書き込むときは、極力小さくしておきたいというのが、父の言い分らしい。

しかし、そのために新たなる問題が発生した。

父はときどき、自分で書いたカレンダーの字が小さすぎて、読めないと文句を言うのである。

祖父こたつ

寒いのは苦手である。暑いのも苦手だが、寒いのはもっと苦手だ。と、今の季節は思う。手先足先が冷え切って、ちっとも暖まらなくなるのが辛い。温風に手をかざし、こすってさすってようやく体温を取り戻したと思ったらお手洗いに行きたくなり、水で手を洗うと、たちどころにその水と同じ温度にまで下がってしまう。いったん冷えるとふたたび暖めるのはたいへんなのである。身体が暖まらないから何もする気が起こらず、寒い寒いと言ってすぐベッドに潜り込み、そのうち睡魔に襲われる。ぐだぐだ病が終日続き、日が暮れる頃になると妙に空しくなる。

いっそ何もしないと決め込んで、冬眠してしまいたい。

ときどき両親の家に帰ってまでそんな生活態度でいるものだから、母に叱られる。

「働かないから寒いのよ。もっと身体を動かせば、自然に火照ってくるものです。ほら、私なんか、こんなに手が熱い」

そう言って、怠け者の娘の前に両手を差し出す。娘はそれを両手で受け止める。

「おー冷たい」と母。「ああ、あったかい」と娘。その横を父が通りかかり、「何しているんだ。母娘《おやこ》で手を握り合ったりして。気持ちが悪い」

母暖房は、それでおしまい。

ひとり暮らしを始めてから、暖房はもっぱら電気ヒーターと決めている。火事を起こす心配がなさそうだし、何よりも、引っ越しをした時点ですでにアパートに備え付けられているケースが多く、新しく購入する必要がなかったからである。

狭い部屋だから、それで充分なのだけれど、たまに他の暖房器具が懐かしくなることがある。

子供の頃、石油ストーブに火をつけるのが楽しみだった。芯に沿ってマッチの火を近づけると、ひゅーっと炎が芯に移る。すると将棋倒しのようにみるみる移動して、しまいに炎の円が描かれるところは、見ていて飽きなかった。しかし見とれてばかりはいられない。炎が円を結ぶか結ばないかの瀬戸際にすばやく蓋をし、青く短い炎になるまで芯の高さを調整する。そんな点火のコツを会得すると、少しだけ大人に近づいたような気がしたものだ。

ガスストーブを使っていた時代もあるが、こちらは点火するとき、ボッと恐ろしい音を立てるのが怖かった。

そのかわり、ガスストーブの上では料理ができた。母が台所でご飯の支度をしている横で、ままごと用の小さなフライパンを使い、目玉焼きやいり卵を作って得意になった。子供が料理をするのに、ガスストーブはちょうどよい高さだったのである。

我が家には昔からこたつというものがなかった。こたつは一度入ったら動けなくなるからよくないと、父が嫌ったせいである。その影響で、こたつを怠け者の道具と長い間信じてきた。

ところが、祖父母の家に遊びにいくと、こたつがあった。木造の、暗くて寒い家だったけれど、こたつのある部屋だけは明るくぬくぬくしていた。玄関を上がり、襖《ふすま》を開けると、いつもの場所に祖父が座り、その隣りに祖母が座ってお茶を淹れている。

「まあ、寒かったやろ、はよ、こたつにお入り」

いくら父が嫌いだからといって、こんなふうに優しく招かれては断るのも失礼というもの。「じゃ」と、はじめは遠慮がちに、しかしいったん足をつっ込むと、瞬く間にくつろいでしまう。

もしかして、本当はこたつっていいものなんじゃないか。父はこの良さに気づいていないだけではないか。暖かい布団の端を肩まで掛けながら、極楽気分に浸るのである。

祖父の家のこたつは掘りごたつだった。子供の頃、そのなかに潜り込むのが好きだった。

誰かが何かを失くしたというたびに、私は率先して捜索に乗り出したものだ。

「きっとこのなかだよ」

のったりとした祖父母の動きとは対照的に、てきぱきこたつ布団をたくし上げ、「やっぱりなかだな」なんて呟きながら頭から潜入する。そして、こたつの底へ下りていく。未知の空間が広がるような気がしてドキドキした。なかに入ってしまうと意外に広いことや、電熱線のおかげですべてが赤く見えるのも新鮮だった。布団に遮《さえぎ》られて外の音がよく聞こえないものだから、ますます神秘的に思われたのかもしれない。

ふと、すみっこに祖父の眼鏡《めがね》ケースが落ちているのを発見する。

「あったよー」

まるで深海から宝物でも探り当てて生還したような気分になって外へ飛び出すと、

「ほう、よく見つけてくれたねえ」

祖父母に喜ばれると悪い気はしなかった。

ふたりとも亡くなり、家も取り壊されて十年以上がたつ。こたつに入ることもなくなった。

ウワバミレインコート

どういうわけか、私はレインコートというものが似合わないタチらしい。似合う似合わないにタチがあるかどうか知らないが、そうとしか思えないふしがある。

もちろんレインコートを着たことがないわけではない。それどころか、何度となく買った経験はある。が、どんなに違ったデザインのものを選んでも、サイズを吟味してみても、「よく似合ってるよ」と言われたためしがなく、いつも「なんだ、その格好は」としかめ面をされるのがオチだ。オーバーコートならそんなことはないのに、ことレインコートに関してはじつに評判が悪い。

何がどういけないのかよくわからないのだが、私はレインコートに飲み込まれてしまうようなのだ。ちょうどウワバミに飲み込まれた小動物の、かろうじて頭だけが外に突き出ているような、そんな感じらしい。激しい雨から身を守ってくれるレインコートのたくましさと、私の貧弱な身体との釣り合いが取れないのかもしれない。

香港でバーバリーのレインコートを買ったときは悲惨だった。同行者を何分も待たせ、店の奥の倉庫からいちばん小さなサイズのものを出してきてもらってようやく手に入れたコートだったのに、日本へ持ち帰ってから日の目を見たのは、たったの二回きり。今日こそはと気を入れて袖を通すのだが、ウワバミ餌食《えじき》瀕死の体《てい》は、我ながら否《いな》めない。「あのコート、着てる？」と、香港旅行の仲間から聞かれるたびに、ギクッとする。「あのコート」はもう何年間も、茶箱の底に眠ったままだ。

その後、ピンクのレインコートを買ったことがある。重くて分厚いから似合わないに違いない。薄手で明るい色ならば、大丈夫なのではないか。かすかな期待を胸に、六本木のブティックで見つけて衝動買いをした。たしかにそれは薄手で軽く、「旅行のときにもとても重宝いたしますわよ。評判がよくて、もう、この一枚が最後ですわ」とお店の人に勧められて決心をしたのである。もちろんそのときは、自分でも気に入った。しばらくは、気に入っていた。

ある雨の日、そのコートを着て出かけようと思ったら、たまたま玄関に出てきた母が、さりげなく言ったのである。

「あら、驚いた。あんた、長襦袢《ながじゅばん》を着て出かけるのかと思ったわ」

それからまもなく、ピンクのレインコートは知り合いに譲られていった。

レインコートへの満たされない思いの始まりは、子供時代に遡る。いつだったか、押し入れをひっくり返していたときに、柳行李《やなぎごうり》のなかからひときわ派手な黄色のレインコートを見つけたことがある。ごわごわとした肌触りの、いかにも丈夫そうなコートだった。大きさからすると、どうやら子供用らしいが、フードも、立派なベルトもついていて、まるで本物の消防士が着るような威厳に満ちていた。さっそく取り出すと、母のところに飛んでいき、

「何、これ。どうしたの？」

母は半分、懐かしそうな表情を浮かべながらも、

「やあねえ、古いものを持ち出してきて。それは昔、お父さんとアメリカに行ったときに、あんたのおにいちゃんのために買ってきたものよ。結局あまり着なかったけどね」

「じゃ、もらっていい？　今ならあたしにちょうどいいと思う」

懇願したが、母は首を横に振り、そんな古臭いもの、止めておきなさいと繰り返すだけだった。

黄色いレインコートへの憧れは、大人になってからもかすかに持ち続けていたが、現実にあんな派手なコートを着て歩いたら、五〇〇メートル先からも見つけられるだろう。たとい同じものを手に入れることができたとしても、東京で着る勇気は湧かない。

そう思っていたところ、つい先日、ここワシントンD.C.のデパートで、懐かしい黄色いレインコートを見かけた。アメリカという国は昔のものがいつまでも生きているところである。デザインは違うけれど、素材といい、色といい、昔ながらの消防士コートだ。つい嬉し

くなって、考えた。この国で着るぶんには、少々派手でもおかしくないかもしれない。いや、派手なほうが危ない目に遭ったとき、都合がいいに違いない。あれやこれやと迷っていると、突然、真後ろから叫び声が聞こえた。

「オウ、ノウ。ナンタラ、カンタラ！」

警察官かガードマンのような人たち数人が、ひとりの男を取り囲み、手錠をかけている。どうやら万引き犯人が捕らえられたらしい。一瞬の騒動に、こちらは思わず後退《あとずさ》りをして、その場を離れざるをえない状況になった。格闘も乱闘もなく、見事な逮捕ぶりだったけれど、あっけにとられているうちに、買うチャンスを失った。

レインコートにはことごとく縁がない。

白い花束赤い花束

ずいぶん若い頃から、といっても高校時代の話だが、結婚するときはカスミ草の花束を持とうと心に決めていた。他の花は何も混ぜない。カスミ草だけの花束である。披露宴はどこか小さなお店を借り切って、その店に飾る花もカスミ草だけ。見渡すかぎりカスミ草だらけのパーティーなんて洒落ているではないか。

その日パーティーで流す音楽も決めていた。フィフスディメンションの「ウェディングベル・ブルース」である。たまたま友達のうちへいってレコードで聞かせてもらって以来、すっかり気に入って、じつのところこれがおめでたい歌なのか、それとも失恋の歌なのかもわからないまま、自分の結婚式のテーマ曲はこれしかないと思った。

パーティーが終わりに近づいて、来てくださったお客様を送り出すときは、花嫁である私が出口のところに立ち、ひとりにつき一本ずつ、カスミ草を手渡すことにしよう。

「佐和子さん、おしあわせにね」

「ありがとうございます。また、落ち着いたら新居に遊びにきてください。これ……」

「まあ、カスミ草、くださるの？　うれしいわ」

なんて調子で、私はたちまちカスミ草花配り娘。隣りには亭主となった男が並び立ち、黙って私を見守っていてくれる。かくして幸せの空気とともに、皆様には、一本のカスミ草を家に持ち帰っていただく。枯れてしまっても、カスミ草ならドライフラワーにすることができる。少し茶色がかって乾燥したカスミ草を見るたびに、人々は私たちのことを思い出してくれるに違いない。ああ、そういえば、あいつらは元気にしているだろうかと。

カスミ草を大量に用意するとなれば、一年で一番安価な（今はどうか知らないが、当時はそうだと近所の花屋さんに教えてもらった記憶がある）五月がいい。そう思った時点で自動的に、私の結婚式の日取りは五月中と決定したのである。さわやかな五月のそよ風のなかで、私は真っ白いドレスに身を包み、真っ白いカスミ草の大きな花束を抱えることだろう。そんな甘い夢を描いていた時代から、すでに二十数年の歳月が過ぎてしまった。花屋の店先にカスミ草を見かけると、妙に懐かしいような気恥ずかしいような気持ちになる。いったいあの夢はどこへ消えてしまったのだろう。夢か幻か、はたまた、まことにカスミのごとくである。

カスミ草の花束を抱える夢はいまだに実現してないが、花束をいただいたり差し上げたりする機会は、歳を重ねるにつれて増えているような気がする。誕生日、記念日、お見舞い、お別れ会、私を含めてプレゼントに花束を贈ろうと思う人が増えたのか、そういうときはたいてい気持ちが重なるものらしく、受け取る側は、抱えきれないほどの花束を持ち帰ることになる。「まあ、きれい。ありがとう」とお礼を言いながら、頭のなかで自分の持っている花瓶の数を数えるのである。

そして、家に帰った途端、着替えるよりも先に花束の包装紙をほどきにかかる。この、包装紙関係が、昨今はまた豪華ときている。洒落た色の紙やリボンはとてもゴミ箱に放り込めないものばかり。それらを丹念に折り畳み、棚にしまうと、やれやれようやくご本体にとりかかる。案の定、花瓶の数が足りないぞ。そういうときは、とりあえずバスタブに水を張り、花を全部泳がしてしまう。こうすると、水揚げ効果もあって花が長持ちするのよと、以前どなたかに教えていただいたことがある。

ついこの間も見事な赤いバラの花束をいただく機会に恵まれた。真っ赤なバラが数十本、お風呂に入っているところなんぞは、なかなか色っぽくも贅沢な光景で、フランス映画のワンシーンを見ているようである。「うーん、このままでも美しい」と、にわかに芸術家めいた気持ちになり、しばらくはこの状態を楽しむことに決める。

しかし、問題はそのあとだ。お風呂に入りたいのは花だけでないのである。花のことをすっかり忘れ、さて、お風呂に入りましょうとお風呂場に行くと、おわしまするは花の山。そこで、先ほど片づけたビニール紙をふたたび棚から取り出して、床に広げる。つづいてバスタブから水浸しの花をそっと抱え上げるのだが、これが痛い。鋭いとげに手を突き刺され、水滴を床に落とし、痛い冷たい思いをしながら、何とか花の大移動を完了する。これで、ようやく自分の入浴の番とばかりに、お湯を張って、ああ、いいお湯だった。と、気持ちよくお風呂から上がって出てくると、今度は床の上の花束が邪魔で何をするのもややこしい。えぇい、まったくと思いつつ、またまた痛い冷たいポタポタ花束を抱えてバスタブへ。

我が狭きアパートに紛《まぎ》れ込んだ花束は、なんと気高くも美しい女王様であらせられることよ。

木の上の家

一度でいいから木の上に住みたい。小さい頃、『世界のおうち』という絵本で、どこか南洋の島国の、木の上に建てられた家の絵を見て以来、これが私の夢となった。

その後、ターザンの映画に出てきた憧れの〝木の上の家〟を見て、ますます意を強くした。家に入るときははしごを使い、出かける際は、蔦《つた》を伝って、消防士のように手早く、するするっと地面にたどり着く。屋根には大きなヤシの葉っぱを重ね、嵐が来ても大丈夫なようにしっかり柱に結びつける。ベッドはもちろん木製手作り。横になると、壁や天井から漏れ入る陽《ひ》の光が顔にやさしく降り注ぐ。風通し良好、日当たり良好。眺望最高。退屈したら家の下に蔦製ぶらんこを作り、友が訪ねてくるのを待つも良し。

そういう生活が、何とか現実のものにならないかと思いあぐねているうちに、あるとき父が家を建てると言い出した。小さな土地を買い、そこに二階建ての木造の家を建てるという。

「今度はお前たちそれぞれに子供部屋も作ってやるぞ」と言われ、狂喜した。木の上の家とまではいかないが、二階にあてがわれた小部屋に、せめて雰囲気だけでも取り入れたい。と思っていたところ、ベッドが作り付けの二段のものになった。上段が私で、隣り部屋の弟が、壁を隔てて下の段に寝るという仕組みだ。おかげで私は毎日、はしごを使って天袋のようなベッドを上り下りすることとなり、「木の上の住み家」気分を部分的に満喫できた。

そのベッドを足掛け十五年間、愛用した。十五年目の冬、もはや三十歳になっていて、仕事もしていたが、いつものように朝、寝ぼけ眼《まなこ》ではしごを下りようとして足を踏み外し、落下した。痛みに泣きながら、そのとき考えた。この歳になって、木の上の家に住むのは体力的に無理かもしれない。大音響に驚いて、階下から飛んできた母にそう言うと、

「そりゃ、ターザンを探すのが先決よ」

ごもっともではあるけれど、それは木の上の家よりさらに困難である。

ソファ人柄見分け法

我が家の古びたグリーンのソファに腰掛けて、彼女は突然、呟いた。

「あたし、結婚することにした」

台所にいた私は驚いて、お皿を持ったまま彼女の隣りに座り込む。

「えっ、ほんと？　いつ？　どこで？」

たて続けに質問し、驚愕《きょうがく》と嫉妬《しっと》と喜びの複雑に混じり合った気持ちを整理しようとした。

「まだ決めてない。結婚することだけ、決めたのよ」

「誰なのよ、相手は。どこがよかったの？」

「どこって……、その人の家のソファが気に入っちゃったの。硬すぎず柔らかすぎず、シンプルで、でも、とてもあたたかい。座っていると何か安心できるの。きっとこのソファの持ち主は、こんな人なんだなって思ったら、いつのまにか心は決まってたの」

そんな無茶な話があるだろうか。ソファが気に入ったから結婚を決めるなんて。

「安易だわ。いったい大丈夫なの？」

心配したが、彼女はそれからまもなく、その男性と結婚した。そして十数年、相変わらずしあわせに暮らしているようだ。

ときどき他人様の家を訪問し、居間のソファに腰掛けると、彼女のことを思い出す。ソファを見ると、その家の主の人柄がわかるという彼女の説は、まんざら間違っていないような気がするからだ。そして最近は、この〝ソファ人柄見分け法〟が、すっかり趣味になりつつある。

緑のセーター

編み物に興味を持ったのは、『白鳥の王子』という絵本を読んだときだったと記憶している。いじわる継母《ままはは》の魔法にかけられて白鳥になった十一人の兄達を助けるために、十一枚のセーターを編む王女の話。ちくちく痛いいら草を摘んできて、手足を血だらけにしながら川で洗い、たたいたりすいたりあれこれやっているうちに、緑の糸ができ上がる。それを大きな玉に巻き上げ、黙々と（たしか口をきいてしまうと、願いが叶《かな》わないことになっていた）セーターを編む王女の姿を見て、すごいなあと感心したのを覚えている。

へえ、糸ってこうやって作るのか。セーターってこんなぐあいにできていくのか。当時、いら草がどんな植物なのかすら知らなかったが、名前からしてイライラしそうな、やっかいそうな草だということだけはわかった。

もっとも今だって、いら草がどんなものか知っているわけじゃない。国語辞典を引くと、「刺草。日本特産の、いらくさ科の多年生植物。葉は卵円形で縁にあらいぎざぎざがある。

葉・茎に刺《とげ》があり、蟻酸《ぎさん》を含むので、触れると痛い。茎皮から繊維をとり、糸や織物にする」（岩波国語辞典より）とある。

なぜ日本特産のいら草が、西欧の童話に出てくるのか。最初の訳者が「こりゃ、日本人に馴染みやすくするためには、いら草がもっとも適切である」と判断して決めたのだろうか。不思議である。

さらに考えれば、この糸は動物性の毛糸とは異なり、おそらく麻の一種であろうから、伸縮性がなく、たいそうごわごわしたものだったに違いない。そんな編みにくい糸で男物のセーターを十一枚も編むなんて、どれほど編み物上手の王女だったとしても、「以来、編み物は大っ嫌いになりました」となってもおかしくない。もっとも相手が白鳥なら、それほど大きなサイズでなくてもよかったのかもしれない。

ついでにもうひとつ。いったい緑の草から糸を作って、はたして緑色の糸ができるだろうか。川で洗ったり天日に干したりしているうちに色素は飛ぶのではないだろうか。とすれば、セーターは枯れ草色か、黄緑色程度だったのではないかと想像される。

まあ、今になるとそういった疑問がいくつか出てくるけれど、この物語を読んだ当時は子供だったから、まったくもって素直に感激したものだった。

王女は魔女の汚名をきせられて、死刑台に連行される荷車の上。それでも黙って編み続けている。もう少しで十一枚目が編み上がろうというところ、白鳥達が飛んでくる。危機一髪。王女は持っていたセーターを胸に抱え、白鳥目指して空高く投げ上げるのだ。その喜びに満ちた顔。宙に浮くセーターのあざやかな緑。温かそうなふくらみ。色も風合いも、そうであるわけはないのだが、私の目には十一枚のセーターが、いともやわらかそうに映ったものだった。

セーターを編むことが、最高の愛情表現だと信じていた時期がある。恋い慕う人が現れると、無性にセーターを編んであげたくなった。言葉を使って伝えるより、ずっとたくさんの気持ちを込められるような気がしたのである。

あるとき、ある人のために緑のセーターを編み始めた。その人には、格別、深い緑色が似合うと思われた。色が大事だから、柄もデザインもなるべくシンプルなほうがいい。ふちを一目ゴム編みにして、あとは単純な表編み、衿はVネックにしよう。

と、ここまでは胸ときめかせ、しあわせいっぱいだった。しかし実際は、家族にも、贈る本人にも内緒だから人目につかないよう編むのに苦労する。「なんだ、誰のセーターだ？」と親兄弟に見つかって、「げげー、佐和子が男にセーター編んでるよ。へえー、佐和子が男にねえ」

たちまち大騒ぎになるに決まっている。家のなかで編むには細心の注意が必要だ。しかもサイズが大きいから怪しまれやすい。本人の身体にメジャーを当てて正確なサイズを測るわけにもいかず、だいたいの勘で、大きく大きくとだけ意識して、こそこそ編んでいるうちに、いつのまにか本当に見るも稀《まれ》なる大きなセーターが編み上がった。

「これ、よかったら着てください。あたしが編んだんです」

憧れの君は、快く受け取ってくれた。それどころか、ちょくちょく着てきては愛用していることを証明してくれる。しかし、どう見ても、愛情に満ちたはずの緑色のセーターは、彼の背中でひらひらたなびくばかり。お世辞にも似合ってるとは言い難《がた》い。かといって、あんな大きなもの、編み直す気力はなし。その姿を見るたびに、私は、うれしくて哀しくて、どうにもやるせない気持ちになったものである。

私のタイプ

私の場合、憧れの男性のタイプは映画によってコロコロ変わってきた。まず、小学校六年生のときに『マイ・フェア・レディ』を観《み》てヒギンズ教授役のレックス・ハリソンに憧れ、少々歳をとっていても口が悪くてもかまわない、恥ずかしがり屋で意地っぱりで味のあるオジサンがいいと思った。

そのオジサン好みも次第にかたちを変え、ときにテレビの洋画番組に顔を出すリチャード・ウィドマークであったり、懐かしのフレッド・アステアであったりと、概してやや痩せ型の、決して美男子とは言えない中年男にしばらく熱をあげる。が、『サウンド・オブ・ミュージック』のトラップ大佐のような甘いルックスに出会うと「ああいうのもいいな」と心は移り、元気潑剌《はつらつ》とした『大脱走』のスティーブ・マックイーンを見て「やっぱりエネルギッシュな人のほうが魅力的かな」と迷ったりもした。

同じ映画スターでも、他の映画でたいしてよいと思わなければすぐに気が変わり、夢中になっている最中でさえ、友達に「え？　あんなののどこがいいのよ。それよりあっちのほうが断然ステキじゃない」とけなされれば、コロリと変節してしまう。好みといったところで、たいした根拠がない。

「だいたいあなたはそういう風に趣味が一貫していないから結婚できないのよ。あれもいい、これもいいっていうのは、結局、あれもいやだ、これもいやだってことなんだからね。もうちょっと、ターゲットをしぼってみたらどう」

友達に忠告されたことがある。なるほど人によっては「痩せている男とはつき合わない」

とか「スポーツができないとダメ」とか、なかには「転勤のない人」というような条件つきで結婚相手を探す女性がいるが、私にはそんな細かい限定をする勇気はとてもない。そりゃ、私にだって理想のタイプというものはあるけれど、頭のなかで「こういう人がいい」と思っても、現実にそのような人と気が合うかといえば、必ずしもそんなことはないからである。

昔から背の高い人に憧れる癖があった。大きな人は視界が広いから、世の中を広く見渡せて心も大きいに違いない。それに、自分が小柄なので、結婚するんだったら子供のためにも相手は背の高いほうがいい。父親に似れば、チビ、チビといじめられずに済むだろう。実際、学生時代におつき合いしていた男性は背が高かった。身長一八五センチで、私とは三五センチの差。人混みで待ち合わせをするときなどは目立って便利だったけれど、近くへ寄って立ち話をしようとすると、私は顔を真上に向け、天を見上げる勢いだったから首がすぐに疲れる。彼のほうは膝を曲げたり段差を作ったりして工夫しなければならない。手をつなごうとすると私の腕は肩より上にあがり、相手は垂直に降ろしほとんど肘《ひじ》を曲げる必要がない。どうしてもロマンチックなカップルには見えないらしく、周囲から「大木にとまるセミ」だとか「パパに連れられた園児」などとからかわれた。彼に話しかけると、たいてい一度では通じず、おたがいに「え?」「え?」と眉を吊りあげて聞き返すので、ケンカになることが多かった。それ以来、あまり背にはこだわらなくなった。

おしゃべりより無口な男性に憧れたが、あるとき、「私も独身時代にそう思って無口な人と結婚したんだけど、疲れるわよ。話しかけても一切返事をしないんだから。近くへ行って『聞いてんの、聞いてないの』って肩を思い切りゆさぶると、ようやく『聞いてる』と一声発するだけなのよ」という先輩の話を聞いて、方針を少し変更した。

どうも「好きな男性のタイプ」論を始めると、不動産屋めぐりと似ているような気がしてならない。「お客さん、どういったタイプの部屋をお探しですか」と聞かれ、最初はあれやこれやと注文を並べるが、実際に物件を見てみると、たいがい理想通りにはいかず、妥協する箇所は思った以上に増える。結局初めの思惑とはかけ離れたところで「まあ、いいか」と決心することが多い。

しかし「まあ、いいか」と思えるのは、予定外の気に入る部分を発見するからであって、どうしてもいやなら妥協は成立しないはずである。男性理想論も同じようなもので、新しく見い出した「お気に入り」の部分がいつの間にか自分の「好みのタイプ」となり、「あたしって、意外と神経質な人が好きみたい」なんて言う女は、たまたま今、お熱をあげている男性が神経質だというだけで、相手が変われば好みも変わるだろう。むしろそのほうが自然のような気がする。人によっては一貫して心惹《ひ》かれるタイプが決まっていて、再婚するたびに相手の顔がそっくりなんていう例もあるけれど、あれで再婚した新鮮味を味わえるのだろうかと心配になる。まあ、本人の勝手ですから傍《そば》でとやかく言う筋合いではないが、あまり限定しすぎてもつまらないだろう。

「うちの亭主、あたしのもっとも理想じゃないタイプだったの」と文句を言いながら、うまく続いているカップルは、私のまわりに山ほどいる。それに、この場で「私の好きなタイプ」などというものを明かしてしまっては、ますます縁が遠くなるではないですか。

猫嫌い

昔から猫が嫌いである。理由を聞かれると困るのだが、なんとなく好きじゃない。たぶん父親の影響だと思う。父は大の猫嫌いで、庭に野良猫が迷い込んできただけで、機嫌を悪くする。読書をしていた父が急に椅子から立ち上がり、庭に面したガラス戸を勢いよく開けて、「しっ、しーっ。あっちへ行け」と怒鳴る。そういう光景を子供の頃から何度も見てきた。

それでも猫が立ち去らない場合は、「行けったら行け。じゃないと三味線にしちまうぞ」と、それは憎らしそうにガラス戸を叩いていることもあった。

何も三味線にするとまで脅かさなくてもよかろうにと思ったが、それほどむきになって毛嫌いしている父の前で「私は猫が好きだ」とは言い出せず、いつのまにか自分も猫が嫌いになっていた。

だから当然、猫を飼ったことはない。飼おうと思ったこともほとんどない。いや本当は、飼ってみたら案外好きになるのではないかという気がするときもある。猫のいる家を訪れて、飼い主と猫の関係を観察していると、ときどきうらやましくなる。

たいがい猫好きの人に、猫を好きな所以《ゆえん》を語らせると「べたべたしないところがいい」とか「気まぐれなところがいい」とか、いわゆる義理人情とは無縁な猫の性格をほめ讃《たた》える場合が多い。甘えるときはおおいに甘えるが、気分が変われば、飼い主への遠慮や恩はいっさい配慮する気配なく、さっさと姿を消してしまう。そこが単純で忠誠心あふれる犬とは大違いだ。がつがつせず、わめくこともない。クールで個人主義のところがいいと言う。深く愛しながらも、どこかで自分の嫉妬心を押し殺し、一種マゾヒスティックに恋人を放任するフランスの恋物語を想起させられるような関係。そういう関係を猫との間に保っている人は、もしかして相当に人間ができているのではないかと、思ってしまうのである。

いつの頃からか、アパートに猫が住みついていた。十四、五世帯ほどの小さなアパートだが、そのうちの誰かが餌付《えづ》けを始めたらしい。黄色い縞《しま》模様の太った猫が、最初のうちは二日に一度ほど、しだいに毎日毎晩、ひねもすアパートの敷地内をわがもの顔で歩き回るようになった。

天気のいい日など、住人が共同で使うことになっている中庭のテーブルに陣取り、思い切り身体を伸ばして昼寝をしている。近くを通り過ぎても知らんぷりだ。少しは警戒したらどうかと思うほど、安心しきった顔で眠りこけている。

雨が降り始めると、今度は屋根のある自転車置場に場所を移し、いちばんクッションのよさそうなバイクを選び、その座席の上に乗って気持ちよさそうにうずくまる。バイクの持ち主が文句を言わないところを見ると、きっと猫好きの人なのだろう。

猫のほうもバカではない。相手の人間が猫好きかそうでないかを見分ける才能にたけている。この人間は餌をくれそうか、くれなさそうか判断するのは大事な問題だ。ところがこちらは、この無遠慮な居候《いそうろう》に対して思いやりがなく、餌《えさ》をやろうなど、素振りを見せたことすらない。だから猫のほうだって、私が猫嫌いであることを早々に察知するのは当然。自分に冷淡な人間にまでおべっかを使うほどあたしも落ちぶれちゃいませんぜといった顔で、私を無視してかかる。

しかしあまり冷たい関係のまま、しばらく猫とつき合っていると、しだいに哀しいようなさびしいような気持ちになってくるものだ。たまにはやさしくしてやろうかしら。夜遅く、ほろ酔い加減で帰宅したときなどは、そんな気になる。

どういうわけか、こちらがそう思ったとたんに、猫のほうもわかるものらしい。妙に猫なで声を出して、擦《す》り寄ってくる。静まり返ったアパートの玄関でメールボックスをあさっている私の足元に歩み寄り、身体をくねらせて甘えてみせる。

「何してるのよ。くすぐったいからやめてちょうだい」

今までずっと邪険に扱ってきた手前、急に変節して仲良くするのも潔くないかと思い、い

ちおう、毅然とした態度をとってみる。が、猫のほうは、こちらが何を言おうが、関係ないらしく、やわらかくて温かい黄色い背中を何度も私の足にからめてくる。

「ほら、もう行くわよ」

郵便物を抱え、階段のほうに足を向けると、猫が後からついてきた。階段を上がる私の足に、なおしつこくからまってくる。危うく猫の足を踏みそうだ。

以前に一度、失敗したことがある。階段を上がっている最中に、やはり猫にからまれて、間違って猫の足を踏んでしまった。猫は「ギャオ!」と叫ぶや、即座に逃げ去った。その翌日、玄関の前に、それは強烈な臭いのする糞がひとかたまり、落とされていた。やられたと思った。ゆうべの仕返しに違いない。足を踏んだ仕返しだ。以来、猫に対して更に偏見が強くなった。

あの二の舞はごめんである。

「あっちへ行きなさい。何もやりませんよ。だいたいアンタはダイエットが必要なくらいなんだから」

足を踏みつけないように充分注意を払いつつ、花道を歩く歌舞伎役者の要領で大袈裟《おおげさ》に歩を進める。すると言っていることが通じたのか、猫は途中で私にまとわりつくのをあきらめて地面に座り込み、「にゃお」と一声発すると、前足を嘗めにかかった。

「じゃ、おやすみ」ドアを閉めながら、少しだけ猫がいとおしくなる。

もっとも動物学者に聞いたところによると、猫が身体を擦りつけてくるのは、必ずしも親愛の情ではないそうだ。むしろ、外から戻ってきた者に体臭を擦り込んで、「お前は俺の所有物であるぞ」という印を押すのが目的のようである。あどけない表情をして、猫の考えていることは、やっぱりわからない。

ろくぶて

車に乗っていたら、隣りに大型トラックが並んだ。何気なくそちらの方向に目をやって、仰天した。車体の隙間に人間の手が見える。もしや殺人事件、それともおばけが現れたか。「ぎゃっ」と大声を出したものだから、運転していた友人が飛び上がる。「脅かさないでよね」今度はふたりで確認してみると、なんのことはない、作業用のゴム手袋が、車体に引っかけられていただけのことだった。

手の入っていない手袋に脅かされたのは、そのときだけではない。台所の流し場に置かれたゴム手袋、道路に落ちている片手の軍手などに、何度も驚いたことがある。何度もあるのなら、少しは学習すればいいと思うが、「なんだ、手袋か」と胸をなで下ろすまで、毎回懲りもせず、一様に驚きのプロセスを経るとは我ながら情けない。

その言い訳を考えるに、どうやら私は手袋に特別の感情を抱いているのではないかと思われる。つまり手袋は、そのなかに人間の手が入っていなくても、生きているような気がしてならないのである。

そんなふうに思い始めたのは、おそらく子供の頃にあれを見たせいだろうと、心当たりがある。テレビのディズニーの番組だった。真っ黒い画面のなかに白い手袋だけが浮かんでいる。手首から先がないのに、その白い手は、まるで生き物のようにしなやかに、スティックを持ったりトランプを切ったり、おどけてみたり怒ってみたり、それは器用に動き回っている。いったいどういうトリックになっているのだろう。種があるに違いないと思いつつ、不思議でならなかった。

自分の手袋も、生きていたらおもしろいだろうな。手品ができて指人形劇が上手で、ときには部屋の片づけなんかもしてくれる手袋が友達だったら、どんなに楽しいだろう。妙な想像をし、脱ぎ捨てて、まだ手の丸みが残っている手袋をそっと机の上に置き、部屋の電気を消して、しばらく観察したこともある。暗くすれば、もしかして息を吹き返すかと思ったのである。

そんな子供の頃の空想が尾を引いているからかもしれない。いまだに手袋を見ると、「もしや動き出さないか」と期待する。雑踏のなかで踏みにじられている手袋を見つけると、哀れを感じて救出したくなる。

もっともそれほど感情移入しているわりには、手袋をよくなくす。何回なくしたか勘定すると、罪の重さに嘖《さいな》まれ、手袋の悪夢を見そうなので、数えたことはないが、おそらく十五回はくだらないと思う。それも高価な手袋にかぎって短命ときている。

初めてはめた革の手袋を、使い始めたその日になくしたのは、大学三年のときのことである。革の手袋は大人の女の象徴だ。これを持っていれば、ハイヒールも真っ赤な口紅もマニキュアも、カールのかかった髪型も、なんでも似合いそうではないか。普段はハイソックスにかかとの低いパンプスをはき、およそ大人らしさと縁のない私が、これでようやく変身できるような気がして、スペイン旅行の際、思い切って買った黒の手袋だった。パーティーに誘われて、格別のドレスアップをし、母からワニ革のバッグまで借りて、バッグの取っ手に、その日、初めておろした自慢の手袋を添えて出かけたのに、どこで落としたのか、家に戻ってきたときは、見当たらなくなっていた。

所詮、背伸びして慣れない格好をしたのが間違いのもと。母のバッグをなくすよりはましだったじゃないか。そう自分に言い聞かせてみるものの、ショックはぬぐえなかった。

それ以来、革の手袋は持ったことがない。といって、手先の冷えやすい私に、手袋は欠かせない。だから、いつもなるべく安価な、たとえなくしても未練の残らないようなウールの手袋を買うことにしている。が、それでもなくすのだから、歴代、私の手袋は不幸である。

「いっそ紐《ひも》つき手袋にしたら」

あまりのだらしなさを見兼ねて母が提案するが、それはあまりにも子供っぽい。一度そんなことをしてしまったら、おばあちゃんになるまで「女らしさ」とは無縁になりそうで恐ろしい。

そういえば、子供の頃にも、母に「紐をつけよう」と言われた。あれは、はたから見ているぶんにはかわいらしいが、当人にとってはなんとも具合の悪いものだった記憶がある。コートのしたで紐がごろごろするし、手袋をはずしても、はずした手袋が手の後ろでぶらぶらと暇を持て余していて落ち着かない。

そして何より不都合なことに、紐のついた手袋では、手袋人形を作ることができない。

これといって遊ぶことがなくなると、鞄から手袋を取り出して、友達と一緒に手袋人形を作って遊んだものである。片方を裏返し、てるてる坊主のような頭を作り、もう片方の中指と薬指で首の部分を結ぶ。頭用の手袋の残りを帽子にしてかぶせれば、手袋指人形のでき上がり。親指がじゃまだから、なかにつっこんで、ポケットにしましょう。それぞれの人形が、手袋の柄によって、異なった表情を持つ。友達の人形のほうがかわいいと、すぐにうらやましくなり、ああ、今度はああいう柄の手袋を買ってもらおうと、ひそかに決意する。

そして一通り、人形遊びが終わると、誰かが叫ぶ。

「手袋の反対は？」

みんな、知っているくせに、答えるのである。

「ろくぶて」

すると、言い出しっぺがにやりと笑い、皆に手を差し出すよう、命じる。

「一、二、三、四、五、六。六回ぶてって言ったでしょ」

この冬こそは、手袋をなくすまい。もしなくしたら、おしおきに、「ろくぶて」。

チョコレートの気持ち

大きなチョコレートの箱を差し出され、「どうぞおひとつ」と勧められると、とても困る。おひとつったって、どれにしようか迷うのである。苦いのはあとかな。ミルクチョコレート系がいいかしら。いや、ナッツの混ざったこれもおいしそう。ほほう、このきれいな紙に包まれているのは、どんな味だろう。目の前にずらりと並んだチョコレート軍団を凝視し、もはやまわりのおしゃべりなんかまったく耳に入らない。

そんな私を尻目に、無造作に選ぶ人もいる。「僕、このアーモンドののってるヤツ」なんて調子で、瞬く間に口に放り込む。決断力があるといえばほめ言葉になるけれど、私としてはもう少し、チョコレートに敬意を払ってほしいと思うのだ。なんだってこの可憐なチョコレートたちが、こうもバラエティーにとんだ味とかたちとデコレーションを装って、我々の前にいさぎよくその身を捧げているというのだろう。チョコレートの気持ちになって考えてもらいたい。だから私など、考えに考え抜いた末、選んだひとつのチョコレートをよくよく吟味し、半分かじって、なかに何が入っているかを目と舌でしっかり味わい、その味がすっかりとけてなくなるまで待ってから、ようやくふたつ目を選びにかかる。すると必ず、「誰よ、アーモンドのチョコ、全部食べちゃったの!?」

チョコレートを食べるときだけは、デリカシーにかける人間のそばにいたくない。

母の腕時計

初めて腕時計をしたのは、小学校六年のときだった。進学教室へ通うのに時計がないと不便だといって、母のを借りて出かけた。両親が若い頃、スイスを旅したときに買ったものらしく、細い黒革のベルトがついた、丸くて華奢《きゃしゃ》な腕時計だった。

「いい時計でしょ」と母はよく自慢していたが、子供の私の目には古くさく思われた。実際、友達のものとくらべると、およそ機能的でない。大人っぽすぎて、自分には似合ってないような気がした。ところが、いつのまにか好きになっていた。その時計をしていると、母がそばにいるような安心感があったし、試験中はいつも、「まだ時間はある。頑張りなさい」と励まされている温かみを感じた。

ある日、どしゃぶりの雨に遭い、時計のガラスの内側に水滴がいくつも張りついてしまった。どうしよう。ひどく暗い気持ちになり、母には報告できないまま、息を吹きかけたりガラスの上からこすってみたりして直そうとしたけれど、しばらく曇りが取れず、ひやひやした覚えがある。

そういえばあの時計はどこにいっただろう。チクリと胸の痛くなることを含め、数々の思い出が詰まった時計には、格別の愛着がつきまとう。大人になった今、もう一度腕にはめてみたい。今ならきっと、ドレスアップしたときなどによく似合うはず。今度、母に聞いてみよう。おそらくタンスの奥に、大事にしまわれているに違いないのだから。

屋上の世界

　今のアパートに越してきたのは七月の半ばのことである。不動産屋の紹介で下見に来たとき、間取りより何より、気に入ったのは屋上だった。すすめられた三階の部屋の、すぐ横の階段を上がると、そこはもう屋上になっている。パラボラアンテナと物干し台のほかはコンクリートの空間が広がるだけ。まわりの景色といえば、密集した住宅や工場、列車の線路、はるか遠くに山の連なりが薄灰色に浮かび、どんよりとした夕方の空が赤く染まりかけている。これといって自慢できそうな景観も設備もないけれど、なんといっても気持ちがいい。

「ほら、あっちが多摩川。花火のときは見えますよ、きっと。富士山は……、こっちの方角じゃないかなあ」

　まんざらでもなさそうな私の表情を見てとったか、不動産屋の若者は、ここぞとばかりに、なるべくこちらの気を引きそうな言葉を並べ立てる。

「屋上はいいですよ、屋上は。布団も干せるし、ほら、夕涼みしながらビールを飲むと、気持ちいいっすよお。どうします」
折から吹いてきた風が、肌についた汗を冷やして心地よい。
「うーん。どうかしらねえ」と口で言いながら心はすでに決まっていた。

子供の頃住んでいた四谷のマンションにも屋上がついていた。けっこう立派な屋上で、広い物干し場の奥に日本庭園がしつらえられていた。砂利道の両側にびっしりと芝生が植わっていて、石灯籠《いしどうろう》や噴水や池もあった。コンクリートの床の上に造られた庭だから、不自然な感じがしないでもなかったが、それでも子供にとって水や植物が身近にあるのはうれしい。近くの児童公園へ行くには交通量の多い道路を渡らなければならない。それにくらべれば、少々人工的な匂いがしても、屋上で遊ぶほうがずっと魅力的だった。
私はよくそこで、ひとり遊びをした。とび石を使ってけんけんの練習をしたり、池に足を突っ込んで水遊びをしたり、ときには飼っていたカメを池に放してやり、しばらくその泳ぎを観察したものだ。狭い水槽にいるときとは大違いで、池で泳ぐカメはゆうゆうとしている。広い場所で泳げることをそれは喜んでいるように見える。こんなにうれしそうなんだから、今日は午後いっぱい、こいつに自由時間を与えよう。そう決めて、カメを池に残したまま、階下へ下りていったことがある。夕方になったら連れて帰ろうと思った。

数時間後、ふたたび池に行ってみると、カメの姿が見当たらない。それほど大きな池ではない。側壁ははめ石で覆われているから、埋もれてしまうこともないだろう。もしかして池の外にとび出たのだろうか。だんだん不安になりながら、庭園中を捜索してまわったが、植木の間にも灯籠の裏にも、カメはいなかった。最後に考えられるのは、噴水の排水口だけである。

「ここに落ちたら、助からないだろうなあ」

排水口を見つめながら、私は想像した。カメは今ごろ真っ暗な配水管のなかをごろんごろん転がり落ちているのだろうか。気を失っているかもしれない。首、手足を引っ込めて恐怖の旅に出たカメの姿が目に浮かび、不憫《ふびん》でならなかった。そして結局、カメは二度とふたたび、出てこなかった。その後何度も屋上に上がったが、噴水のそばにはどうしても足を向けにくい。カメを死なせたと思うと、辛かった。

東京オリンピックの開会式の日、ジェット機が空に描く五輪を見上げたのは、その屋上からだった。友達と一世一代の内緒話をしたのも、この屋上である。危ないから絶対に出てはいけないと禁止されていた柵を乗り越えて地面を見下ろし、飛降り自殺だけはしたくないと誓ったのも、ここだった。そのとき「高所恐怖症」という言葉を覚えた。友達がそう叫んだのである。

屋上には、さまざまな感情をかきたてる何かがある。孤独になったり恐怖を感じたり、解放感もある。ほんとうは隣りのビルのほうが高いかもしれないのに、今いるこの場所が、空にいちばん近いような優越感を味わうことだってできる。ようし、明日も頑張るんだと、青春ドラマの主人公のような気恥ずかしい台詞もよく似合う場所だ。屋上には秘密めいた雰囲気もある。誰かが隠れていそうな、誰かと誰かが逢引きをしそうな、何か事件が起こりそうな、怪しい空気に満ちている。

今でもときどき屋上に上がる。それが魅力で引っ越してきたんだもの、利用しなくては損だという気持ちが働く。といって、上がってもたいしたことはしない。ビールを片手にしばらくうろついてみたり、座ってまわりを眺めてみたりするが、すぐにお尻が冷えてきて、また立ち上がってうろうろする。ほんとうにろくなことはしていない。

念願の富士山をこの屋上から拝めるのは、天気のせいか年に数回だけで、花火見物も、毎年その日にかぎって出かけてしまい、まだ一度も経験したことがない。引っ越したばかりの頃は、同じアパートの住人が集まって、屋上でささやかなパーティーをやろうという計画が立てられ、何度か実現したのだが、私が欠席したある夜のこと、あまり夜遅くまで騒ぎすぎて近所からクレームが出た。そしてその晩を最後に、屋上パーティーは行なわれなくなってしまった。

今年は、もっと屋上に出よう。屋上の世界を楽しもう。いつも夏の初めだけ、自分に向かって宣言するのである。

3.

おいしいおしゃべり

『飛ぶ教室』と私

仕事を始める以前、私はある小学校の図書室で働いていた。先生や図書室の方々のお手伝いをする、いわば「何でも屋」のアルバイトである。古い書物の整理からカード書き、ポスターの貼り出しや傷んだ本の修理、「編み物教室」を開いて生徒に教えたりと結構忙しかったけれど、とても楽しい仕事だった。

時々、カウンターに座って本の貸し出しの世話をすることもあった。生徒からカードを預かり、返却本を受け取る。どんな本を読んだらいいのかと相談に来る子も多い。そんなとき、私は必ずと言ってよいほど「ケストナーの『飛ぶ教室』が最高におもしろいわよ」と勧めることにしていた。

あるとき、とても読書家の四年生の女の子がやってきて、

「ねえねえ、何かおもしろい本ないですか」と尋ねるので、私はいかにもあれこれと迷った挙句《あげく》の答えのように（そのほうが真剣味が伝わる）こう言ってやった。

「そうね、ケストナーの『飛ぶ教室』なんかどう？」

すると、その子はあきれたように言った。

「もう、阿川おねえさんたら。先週、私が聞いたときも同じ本を勧めたし、その前もおんなじことを言ったのよ。まったく忘れっぽいんだから」

一日に何十人も同じ制服を着て入れ替わり立ち替わり図書室にやってくるのだから、誰に何を言ったかなんて、きちんと覚えられっこなかったのである。しかし、四回も同じ人に同じ事を言うとは情けないと反省し、それにしても本当にケストナーが好きなんだなあと、我ながら可笑《おか》しくなった。

私は小さい頃からあまり本を読むほうではなかった。毎日、学校から帰るなりランドセルを放り出し、夕方暗くなるまで男の子に交じって、カン蹴り、メンコ遊び、トンボ捕りなどで外をとびまわっていた。空き地にあったドラムカンのなかに入って友達に転がしてもらう遊びは、格別スリルに満ちていて一時期夢中になったが、通りかかったパトカーから注意されてできなくなってしまったのは、今思い出しても残念である。

年中泥だらけ、傷だらけになっているので、「まるで糸の切れた凧《たこ》のような子ね」と母にあきれられ、父からは「だからおまえは常識を知らないんだ」と叱られた。

その頃、私は何度となく「男に生まれていればどんなによかっただろう」と思ったものである。男の子なら、多少帰宅時間が遅くなってもそんなに叱られることはないし、行ったことのない遠いところまで冒険に出かけていって、常識だって身につくはずだ。

実際、兄のほうは少々遅く帰って来ても平然として悪びれる様子もない。電車に乗って出かけたときなど、「駅の立ち食い蕎麦を食べてきた」とか「売店のコーヒー牛乳を買って飲んだ」と両親に報告し、それに対して父は「どうだ、うまかったか?」と聞くだけで、ちっとも兄を咎《とが》めない。「あたしもおにいちゃんの歳になったら、コーヒー牛乳買ってもいいでしょ」と母にねだると、決まって答えは「女の子はまだ、そういうことしてはダメ」なのである。

なんで男の子が許されて女の子はダメなのか理解できなかった。が、とにかくそう言われてしまうから、なおさら男の子に対する憧れは強くなる。ウィーン少年合唱団に特別に私ひとりだけを入団させてもらえないものかと真剣に悩んだり、男同士のとっくみ合いのケンカや、その翌日のいかにもスッキリとした仲直りの様子を横目で見ながら、うらやましく思っていた。

初めて『飛ぶ教室』を読んだのは、ちょうどこの頃のことである。

我が家にあった『飛ぶ教室』は、この他に同じケストナー作の『点子ちゃんとアントン』と『エミールとかるわざ師』が一緒になっている「少年少女世界文学全集・ドイツ編〈6〉」

という大層立派な装丁のがっしりとした本だった。本嫌いの私にはどう見ても敬遠したくなるほどの分厚さにもかかわらず、なぜ読む気になったのか自分でもよくわからない。たぶんこのいかにも愉快そうなタイトルと、本のカバーに描かれていた、太った点子ちゃんとやせっぽちのアントンがバイクにまたがっているユーモラスな絵が気に入ったせいもあったと思う。

で、何気なく本を開いてみて、「この夏の暑い盛りに、クリスマスの話を書こうというのだからむずかしいことだ」という『飛ぶ教室』の一風変わった書き出しに、これはひょっとして私とウマが合うかもしれないぞ、という予感がした。

作者のケストナー氏はたいへんなお母さん思いである。それは、家から送金ができなくて済まながっているお母さんを決して悲しませまいとじっと寄宿舎で我慢するマチンや、病気で苦しんでいるお母さんのために、寄宿舎を何度も脱走する若き日のベク先生の話のなかに表れている。とくに私が気に入っているのは、「まえがき」の部分で、ケストナー氏自身が駅でお母さんと別れるシーン……。

へ「クリスマスの物語を書き終えるまでは帰ってきちゃいけませんよ。あんまり暑かったら、ツークシュピッツェの上の冷たいきれいな雪を見ればいいんだよ。いいね」

そのとき、汽車が動きだしました。

「洗濯物を送ってよこすんですよ、忘れずにね」

母がうしろから叫びました。

「花に水をやってね！」

わたしは、母をすこし怒らせてやろうと、そうどなりました。それから、私達はおたがいに見えなくなるまでハンカチを振りました……〉

母親と息子はちっともベタベタしていない。おたがいに強い調子で言い合っているが、じつはとても相手を愛していることがよく伝わってくる場面である。

この場面によく似たところが『エミールと探偵たち』のなかにも出てくる。

父親を早く亡くし、美容師をしているお母さんとふたりきりで暮らしているエミール少年が、休暇を利用してベルリンのおばさんの家に行く日。仕事の合間をぬってお母さんがエミールの旅の仕度をし、お昼ご飯に「ハム入りマカロニ」（ケストナー氏はよほどハム入りマカロニがお好きらしい）を作ってくれる。エミールは猛烈な勢いで食べる。が、時々手を休めてみる。「別れの間際にたいした食欲があると知ったら、お母さんはきっと気を悪くするだろう」と心配したからである。ここにもお母さん思いの優しい少年の姿がある。

そして、お母さんとエミールが駅で別れる段では、あれこれ注意を言いつけるお母さんを少しだけうるさく思いながらも母親の健康を気遣う息子と、列車が見えなくなるまで手を振って、ちょっとだけ涙をふくとすぐにまた忙しそうに歩き出す母親の様子が、じつに自然にカラッと描かれている。私はこの種のケストナーのユーモアと、そのユーモアの背後にある暖かさに魅了されてしまう。

女の私が息子になるのは無理として、せめて将来母親になったとき、自分の息子とこんな間柄でいたい。とてもステキな関係だと思うのである。

さて、『飛ぶ教室』で忘れてならないのが、ベク先生と禁煙さんの存在である。このふたりの素晴らしさは、今さら説明するまでもない。しかし、それは単に子供たちに好かれているとか、よき理解者であるといったことだけではない。大人になって読み返してみたとき、子供の頃には気づかなかった「憎いほどの魅力」に改めて驚かされるというたぐいの素晴らしさである。向こう見ずなウリーのパラシュート降下を危険だと叱るのではなく、「考えたほどばかげたことではなかったと思うよ」と評価したり、自分の苦悩を素直に子供たちに気づかせたりなんて、余程の勇気と愛情がなくてはできないことだろう。

図書室のカウンターに二年生の男の子がやってきた。

「おねえさーん、これについて調べたいんですが」

小さなメモ用紙に「ほうじょうそう雲」とかわいらしい字で書いてある。

「ああ、ほうじょうそう雲ね。それならこっちの書架にあるんじゃないかな」

そう言いながらこの二年君を「天文・地学」の書棚に案内した。

「あのー」質問者は心配そうである。

「大丈夫よ。きっとここの列にあるわ」

「でもー」

「ほら、ほら、気象の本。あったでしょ」

「だけど、僕が探しているのは伝記なんです」

「北条早雲」を雲の名称と勘違いしたのである。

この二年生は「ずいぶん頼りない大人だなあ」とがっかりしたことだろう。しかし、人間は大人になったからといって必ずしも完璧ではない。間違いだらけなのである。頭ごなしに子供を叱ることもあれば、便宜上の理由でおだてることもある。なかなかベク先生や禁煙さんのようにカッコよくはいかない。だからこそ、子供は大人を大目に見なくてはならないし、大人は子供のことを信頼できる一人前の友人と見なさなければ、気持ちは通じないのだと思う。

ケストナーは本文のなかでこう言っている。……この機会に私は皆さんに心からお願いします。皆さんの子供の頃を決して忘れないで、と。約束してくれますか。誓って？……。

私はこの言葉を心から大切に思う。「もちろんですよ、ケストナーさん。いくら忘れっぽい私でも、これだけは約束します。なるべくね」と答えることにする。

そして、もしまた誰かに本の相談を受けたときには、たとえ相手が大人であっても、やっぱり『飛ぶ教室』を推薦するであろう。

さらば引っ越し

春先にまた引っ越しをした。親元を離れ、ひとり暮らしを始めてから、これで五回目の引っ越しとなる。どうも引っ越し魔のきらいがあるらしい。だいたいひとところに二年から四年住むと(アパートの契約更新時期に合わせるせいもあるが)、そろそろ引っ越し虫が蠢き出す。これといって理由はないが、しばらく住み慣れると、まだ見知らぬ土地の、新しい部屋から見える景色に憧れるようになる。今回も「そろそろ……」と思い始めていたら、友人から、「賃貸アパートを転々としてばかりいないで、そろそろマンションを買いなさいよ」と勧められた。そろそろバナシがとんでもない方向に飛躍した。

マンションを購入するなんて偉業は、自分ひとりですることではないと、長年思っていた。

もし自分がそんな場面に出くわしたとしたら、それは新たな人生のパートナーを見つけたときだろう。ふたりで「ここ、どうかしらん」「ちょっと狭いなあ」なんてイチャイチャ会話を交わしながら実行するものだと信じていたのである。

「何言ってるのよ。自分の歳を考えなさい。銀行だって、支払い能力が薄れる一方の中年シングル女に、だんだんお金を貸してくれなくなるのよ。今が限界なんだから」

くだんの友人に脅かされ、にわかにコトが現実的となる。見渡せば、同じような境遇の（いい歳をして結婚せず、なんとなく仕事を続けている）女友達のなかには、売りマンションを探している、あるいはすでに購入済みという人がかなり多くいることを知った。

ちょうどバブルがはじけて、買うなら今がチャンスという噂や、「残りの人生、どうする論」の盛り上がりが、「ローン限界年齢説」に拍車をかけ、〝四十歳前後独身女のマンション購入ブーム〟に火をつけたものと思われる。「そうか。私にも、いよいよ安住のすみかを自ら見い出す時期がきたか」と観念し、世の風潮にのっとって、さっそく物件探しに取りかかることにした。

といっても、およそ几帳面《きちょうめん》な性格ではないので、数カ所、不動産屋めぐりをしたのち、ほどなく気に入った中古のマンションに決定した。むしろ問題はそれからだった。

まず、ローンを組むという、これまた初体験の作業を乗り切らねばならない。どこの銀行が親切か、返済額はいくらにするのが妥当か、公庫との配分は、などから始まって、何度説明されても頭に入らぬ手続きを重ねたあげく、「それではご確認させていただきますが、最終支払い年齢は七十歳となります」と銀行の人に言われたときは、めまいがした。ようやく全部の借金を返し終わったぞと唸《うな》るのは、もしや臨終の床ではあるまいか。

そのショックから立ち直るまもなく、続いて内装の準備である。壁紙の柄、棚の高さ、タイルの色、引き出しの数、照明、カーテン、ドアの取っ手にいたるまで、なんだってこんなに決めなくてはならない事項が多いのか。最初のうちは楽しみながらカタログをめくっていたけれど、あれこれ迷っているうちに期限が迫り、頭のなかの「どっちにする」決定回線がショート寸前の状態になる。明けても暮れても目を閉じても、カタログの品番が目の前にちらつき、「ええい、こんなことひとりで決められるようなら、とっくに結婚できてるわい」と叫ぶ始末。

ところが、それだけ念入りに選んだはずが、住んでみれば、何を迷っていたかすら忘れている。あえて不満を挙げればきりがないけれど、我慢できないわけではない。そのとき気がついた。きっと結婚という選択も、そんなものかもしれない。

これで当分、引っ越しとはおさらばのつもりである。

インタビュー心得

週刊誌のインタビュー連載を始めて二年（一九九六年現在）近くたつ。週に一度だからみるみる回数を重ね、数えてみれば、もう八十人ほどの方にお会いしたことになる。

二年前、当時の週刊文春編集長である花田さんから、「対談の連載をやってみませんか」という話を持ちかけられた。光栄な話ではあるが、いったい自分にそんな大役が果たせるだろうか。何しろそれまで続いていたデーブ・スペクターさんの「トーキョー裁判」という対談は辛口が売り物で、ときにゲストを怒らせたりするほどの迫力に満ちていた。しかし、あんな鋭い質問をしろと要求されても、私にはとてもできそうにない。

そもそも私はインタビューが下手だと定評があった。十年間、テレビの仕事を続けている間、街頭インタビュー、企業インタビュー、雑誌のインタビューなど、それなりに経験してきたが、一度も褒められたためしがない。いつも、「つっ込みが足りない」、「質問がまどろっこしい」、「ポイントがつかめていない」などと、こてんぱんに叱られ続けてきた。叱られるのがいやだという意識が働いて、本番になるとあがってしまい、ふたたび失敗する。会話の間に沈黙ができるのを恐れ、相手が答えている最中、頭のなかでは次の質問を考えている。だから答えを聞いていない。よって同じ質問を繰り返したりする。

ああ、インタビューは難しい。インタビューの仕事は苦手だ。そう思い続けてきた。にもかかわらず、編集長の優しいおだてに乗せられたのと、下手だからこそ挑戦しておいたほうがいいだろうと判断し、お引き受けすることに決めた。

ところがあるとき、すでに週刊誌の連載が始まってのちのことだが、テレビの取材でインタビューをした。撮影を終了し、そのお宅の玄関を出たところで、ディレクター氏が、

「アガワさん、インタビューが上手だね」

そんな台詞、生まれてこのかた聞いたことがない。嫌味だろうかと疑ったほどだ。実際、どこが評価されたのか、自分ではよくわからなかった。何しろそのインタビュー、数年前に自宅で首吊り自殺をして亡くなった男性のご長男に、そのときの事情を詳しく聞き出そうというものである。そんな悲しい家族の思い出など、マスコミを相手に話したくなんかないだろうと思うから、質問も遠慮がちになる。この調子では、どうせまた、「つっ込みが足りなかった」と叱られるに違いない。びくびくしていたら、意外な評価をいただいた。

「インタビューは鋭く相手につっ込むだけがいいんじゃない。相手に話したいという気持ちを持たせることが大事なんだから」

褒められて気がついた。もっとも大事なことは、「話を聞く」ということだ。

当たり前のように見えて、これがなかなかできない。かつて学生時代にテニスをやっていて、「ボールを穴のあくほど見ろ」と先輩に教えられた。ふわふわした毛がわかるまで、ボールから目を離さずにいると、なるほど上手に打てることがわかった。普段見ているようで、案外、見ていないもの。それと同様に、人から話を聞くときは、聞いているようで、ふっと気持ちのそれることがある。質問をしておきながら、相手が話し始めると、調子よく相づちを打ってはいるが、あまり聞いていない。そういう聞き方の態度は、すぐに相手に見破られてしまうものである。

政治も経済もスポーツも、芸能文化に至るまで、基礎的知識にことごとく欠け、世の中のことを知らない私が、さまざまな人々に会って話を伺おうというのなら、知ったかぶりをせず、最低限、その方のしゃべってくださることを、心から聞こうという態度だけは崩すまいと思っている。

といって毎回、うまくいくわけではない。聞きすぎて、全体のバランスが取れなくなることもあるし、緊張して大事な質問を忘れたりすることはしばしばだ。それでもやはり、ゲストの方が最後に、「ああ、話して楽しかった」と言ってくださるようなインタビューにしたい。世の中にはいろいろなタイプのインタビュアーがいるが、私にできることがあるとしたら、そういうことである。

笑いの神

夜、電車に乗っていたら、途中駅から女の人がひとり、乗ってきた。歳の頃は四十代半ばとお見受けするその方は、電車に乗った瞬間からなんだかニヤニヤしている。このニヤニヤの感じだと、たぶん、乗る前からずっとニヤニヤしていたらしい気配である。

ニヤニヤしたまま、その女性は私の隣りの席に座った。ときどき、自分のゆがんだ顔をなんとかしなければいけないと思い直すらしく、フウーッと大きく息を吐いてみたり、口を一文字に閉じたり咳払いをしたりするのだが、しばらくすると、その反動がやってくるのか、「プッ」と小さな声を発して吹き出してしまう始末だ。

何がそんなに可笑《おか》しいのだろう。電車のなかで寝ようと思っていた私は、気になって寝られなくなった。

酔っているのだろうか。お酒を飲むと身体じゅうの筋肉が弛緩《しかん》して、わけもなく笑いが込み上げてくることがある。この女性はそういうタチなのかもしれない。

そうでなければ、好きな男性にうれしいことを言われた直後というケースも考えられる。「愛しているよ」「やだ、ウソッ」「ウソなもんか。本気だよ」「……あたしも」なんて、さっき交わしたばかりの会話の逐一を思い出し、心のなかでそのときのシーンを再現しているのだ。半ば呆れながら、しかしおばさんのこのうえなくしあわせそうな顔を見ているうちに、だんだんこちらの口元も緩んできた。困った。この状態でニヤニヤおばさんと目が合った日には、共鳴して大爆笑ということになりかねない。できるかぎり目を伏せて、笑いをかみ殺す。こっちは笑う理由なんてこれっぽっちもないのだから、冗談じゃない、助けてくれという感じで、一生懸命悲しいことを考えたり、怒る理由を探すのだが、そういうときにかぎって何も思いつかないものである。

昔、やはり電車のなかで、おもちゃの「笑い袋」を持った中学生のグループと遭遇したときも、おおいに困った。揺れる電車で連中は、袋から流れる男の笑い声を繰り返し聞いている。何度聞いても可笑《おか》しいらしく、「やめろよなあ」「お腹が痛いよ」と言いながら、身体をよじって楽しんでいる。

初めのうちは、騒々しい子供達だと少々迷惑に思っていたのだが、不思議な笑い声を一緒に聞いているうちに、いつのまにか釣られてしまった。見ると、私だけでなく、あっちの吊り革につかまっている人もこっちの席に座っている人も笑いを堪《こら》えている様子なのである。

その車輌はもはや、笑い袋に洗脳された感じで、黙り込んでいた乗客たちの雰囲気ががらりと変わってすっかり和んでしまった。

ニヤニヤおばさんは、あの笑い袋とよく似ている。声こそ立てないが、威力は同じだ。「伝染性笑い止まらないビールス」を持っている。

すると電車が駅に停まり、おばさんは笑った顔のまますっくと立ち上がり、笑いながら歩き出し、電車を降りてしまった。

残された私はどうなるのか。笑いだけ移されて、まだ電車に乗り続けなければならない身の私を、おばさんは無責任にも置き去りにしたのである。

幸い笑い病は二次感染でさほど重症ではなかったけれど、それでもしばらくはおばさんの余韻が残って、顔が緩みっぱなしの状態だった。しかしその感覚は決して悪いものではなく、むしろ得をしたような気分である。もしかしてあのおばさん、笑いの神だったのではなかろうか。

年上銀座

久しぶりに銀座を歩いた。本当の目的は東銀座にあったのだが、約束の時間までしばらく間があったので、ひとつ手前の銀座駅で地下鉄を降りて、少しぶらぶらしてみることにした。時刻は夕方の七時少し前。まだ開いているかしらと思いつつ、和光に向かった。

それより数日前、十数年ぶりに会った若い女性が和光に勤めていると聞き、訪ねてみようかと思いついたのである。彼女は、かつて私が小学校の図書室でアルバイトをしていたとき、生徒のひとりだった女の子だ。まだ赤ちゃんの匂いの残る身体を擦り寄せて、なついてきたときのぽちゃぽちゃした顔が、しばらく会わないうちに、昔の面影を残しつつも見違えるほど美しい女性に成長していた。

「まあ、すっかり女らしくなっちゃって」

すらりとした身体を見上げてそう言うと、

「やだなあ、私だってもう二十五ですよ。アガワさんは小さくなりましたねえ」

こちらの感慨もさることながら、彼女にしてみれば、子供の頃に大きく見えたものが、じつはこんなに小さかったのかと驚くのも無理はない。老いたる乳母のような心境で向かい合っていると、

「私ね、今、和光にいるんです。今度、寄ってくださいね」

名刺を差し出された。

大人の証明のようなその名刺を見て、私はふたたび愕然とした。和光か……。

私にとって、和光に勤める女性というのは自分よりずっと大人なんだと長い間、思い込んでいた。地味目の制服に身を包み、しかしどこか育ちの良さを感じさせる成熟した女の人。そんなイメージを抱き続けてきた。

和光に初めて足を踏み入れたのは、はたしていつのことだったか。おそらく母の買い物についていった小学生の頃であろう。大きなガラス戸を開けて、絨毯《じゅうたん》の敷き詰められた店内に入ると、天井の高い売り場はいつも不思議な静寂に包まれていた。母が買い物をしている間、私はガラスケースのなかを丹念に見て回る。いつか私にもこのケースのなかの品物を買えるような大人になる日がくるだろうか。こんな繊細な装飾品を身につけられる女性になれるだろうか。そんなことを想像しながらあたりを見渡すと、黒いカーディガン（だったと思うが記憶が定かではない）を着た女店員さんが皆、美しく賢そうに映ったものである。

その美しく賢そうな大人の女性に、小さかったあの子がなったのかと思うと、晴れ姿を見てみたい気がした。しかし買い物もせず仕事場に顔を出し、「どう、ちゃんと働いている？」などと声をかけたら彼女は迷惑に思うかもしれない。こういう気持ちを老婆心というのだろうか。半ば迷いつつ、地下道を歩いて和光の前までたどり着くと、

「六時閉店」

すでに入口の前にはシャッターが降りていた。残念なような、ホッとするような気持ちがした。

初めて銀座に保護者抜きで出かけていったのは中学二年生の春先である。子供だけで銀座に行く。それは東京の他の繁華街に出て行くのとは少し覚悟が違うように思われた。友達と阪急デパートの入口で待ち合わせ、しばらく人々の往来を眺めていたとき、自分の着ていたものが、白いタートルネックのセーターに白とグレーのガンチェックのジャンパースカートだったことをはっきりと覚えている。

その日、我々はオープンしたばかりのソニープラザでアメリカ製のノートを物色し、そのあと、丸いかたちの三愛ビルに上って当時流行《はや》っていた段ボール製のハンドバッグを買う計画だった。他の友達は来慣れているのか、落ち着いた様子で銀ブラを楽しんでいたが、私は内心、びくびくしていた。べつに悪いことをしているわけではない。ちゃんと母にも許しを得て来ている。それなのに妙に落ち着かない。

それはおそらく、銀座という街の風格のせいだろう。あんたたちのような子供がこの街を楽しむには、まだちょっと早いようだね。そんな威厳に満ちたまなざしを、あちこちから向けられているような緊張感だった。

そういう感覚はその後ずいぶん長く続いたような気がする。大学生になってからはしばしば銀座に足を向ける機会があったが、訪れることのできる場所は限られていた。相変わらず阪急デパートやソニービルの前で待ち合わせ、その周辺をぶらぶらする。あるいは四丁目の交差点から出発し、楽器店や書店をまわり、おいしいケーキ屋さんに入ってケーキを食べるのが関の山だった。たまに裏の道に入って、少し気取って画廊を覗いてみたりするのだが、頭の片隅から、「何を背伸びしてんのさ」という自分の声が聞こえてきて、居心地が悪かった。

そういえば一度、銀座を歩いていてお手洗いに行きたくなったことがある。デパートは混んでいるだろうし、それだけの目的で喫茶店に入るのはもったいない。そうだ、和光のお手洗いなら無料だし、きれいでいいだろう。和光さんには失礼ながら、その目的のためだけに店内に入った。

一階からまっすぐ階段を上り、売り場を抜けて奥の化粧室へ直行しようとする。と、

「いらっしゃいませ」

静かな優しい声で店員さんに声をかけられた。反射的に、直行しようとする自分の足を蛇行させ、しばしショーケースへ目を向ける。いかにも「目的はひとつ」とあからさまな態度を取るのに気が引けた。しかしだからといって、買えそうなものは見当たらない。ふーん、

きれいねえ、なんて感心している風を装いながら、コトが急を告げているせいもあり、徐々に目的地へと近づいていった。

「あら、ご無沙汰」

目立たぬうちに用を済ませ、すばやく立ち去ろうと思うときに限って、知り合いに会うものだ。

「お買い物？」と聞かれ、「いえ、ちょっと」小声で答えると、「やだ、あたしもなの」。小声の答が返ってきた。

かくして我々ふたりは化粧室を出ると、できるだけ店員さんと目が合わぬよう、こそこそ階段を下りて退却したのであるが、ああいう姿はお店のほうでもお見通しだったに違いない。


後ろめたさや緊張感を持たずに銀座を歩けるようになったのは、比較的最近のことである。親元を離れてひとり暮らしを始めるとき、独立した自分への記念にと、お手洗いしか利用できなかった和光で、ようやく掛け時計を買い求めたときからか。門限を気にせずに夜の銀座でお酒を飲めるようになってからか。お店で働く人の大半が自分よりずっと若いことを認識し始めた頃からか。

しかし本当のところ、それもこれも実現しながら、大人と呼べるに充分な年齢に達してなお、相変わらず銀座は自分よりも年上なのである。おそらく私がおばあちゃんになってもこの差を埋めることはできないかもしれない。銀座が変わったという人がいる。昔の銀座の面影はもはやないと嘆く人もいる。しかし私は、まだ大丈夫だろうと思っている。私がいつまでたっても成長せず、子供気分でいるせいかもしれないが、

「やれやれ、あんたもまだ人生についちゃ、何もわかってないね」

銀座にはずっと、どうもすみませんと恐縮しながら歩く街であってほしい。

足早クリスマス

クリスチャンでもないのにクリスマスが好きである。商業ベースに乗って空騒《からさわ》ぎする街中の喧騒に眉をひそめながら、美しく飾られたショーウインドーを目にすると、思わず立ち止まってうっとりしてしまう。

「この偽善者め!」

自分に向かって叫んでみるが、このときばかりは理由が頭をめぐらない。きれいと思った瞬間に、胸がどきどきしてくるのだ。赤いガラス玉。金色のろうそく。天使の白い羽。深い

森を思い起こさせる、しっとり甘い匂いのモミの木と、緑色にひかるヒイラギの葉。どれもこれもが私に向かって囁きかけてくる。

「さあ、急いで。ほら、早く。たいへんたいへん。クリスマスがやって来ちゃうよ」と。

まるで溶けかけのアイスクリームを突然、手渡された子供のように、私は慌てて走り出す。たいへんたいへん、早くウチに帰らなきゃ。クリスマスがやって来る。

電車の座席に座って考える。いったい何から始めよう。そうだ、まずリースを作ろう。今年こそ花屋さんで本物のヒイラギの葉を買ってきて、生のリースを自分で作って飾ることにしよう。

友達に誘われて、フラワースクールの一日教室に参加し、クリスマスリースの作り方を教わったことがある。これからは毎年、手製のリースを玄関に飾るんだとあちこちに吹聴した、あの意気込みはどこへやら。以来、一度も実行できずにいる。

要するに準備が悪いのである。気がつく頃はたいてい師走のまっただなか。やるべきことが多すぎて、リースまで手が回らない。去年なんてイブの二日前である。前年度に飾ったいただきもののリースを棚から出し、ホコリを払い、プラスチックの赤い実の位置を直し、「使い回しなんかするとイエス様は怒るかしら」と少し後ろめたさを感じつつ、「ま、いいか」。扉の上に、強力両面テープで貼りつけた。

「今年こそは」と、自らを駆り立てるときは、もはや遅すぎるのである。

電車のなか。ふと目を上げると、女学生のグループがおしゃべりに興じている。学校帰りなのだろう。彼女たちのセーラー服姿を見て、思い出した。

「そうだ、メサイア会を招集しなきゃ」

中学高校をキリスト教系の学校で過ごした私は、音楽の授業でクリスマスのメサイア合唱曲を数多く教え込まれた。クリスマス礼拝で歌うためである。ハレルヤ、グローリア、冬の夜の雪に神に栄光あれ、イエス様すやすや。生徒は全員、ソプラノ、メゾ、アルトの三部に分かれ、大講堂で声を張り上げる。十二月が近づくにつれ、練習の厳しさも増していく。教える先生のあまりにも真剣な表情を見て、くすくす笑いながら不真面目に歌った。

それでも、こうして覚えたメサイアの数は学年が上がるごとに増えていき、卒業するまでには持ち歌が二十曲近くになっていたはずである。

私はソプラノの担当だった。厳しい練習はいやだったが、歌うのは大好きだった。学校帰り、覚えたばかりのメサイアを友達と一緒に口ずさみながら、クリスマスの飾りつけが始まった繁華街を通り抜けたものである。

先生方の熱心な教育にもかかわらず、キリストの教えはほとんど身につかなかった私だが、メサイアを歌う楽しさだけは、卒業後もずっと忘れることができなかった。

「ねえ、メサイアの会を開かない？　昔の同級生を集めてクリスマスの歌を思い切り歌うの」

私同様、メサイアが好きだった友人と思い立ち、古い名簿をひっぱり出して、できるかぎり多くの人に声をかけ、母校の集会ホールを借りて開催したのは、大学を卒業して数年たった頃だった。

結局、当日は、半日待っても総計十人足らずしか集まらなかった。

「あら、これっぽっちなの。もっと集まるのかと思って、お茶のはいった魔法瓶を十個も用意しておいたのに。残念だったねえ」

用務室のおばさんからも同情され、ひそやかに数曲歌って帰ったのが、第一回のメサイア会。十二月の半ばを過ぎた頃に、突然声をかけて暇な人のいるわけがない。

「そうよね。来年からはもっと早く計画を立てましょう」

反省しながら、翌年の約束を交わしたはずだが、一年たって気がつくと、いつのまにか十二月に入ってしまっている。

以来、ほぼ五年に一度のペースでかろうじてメサイア会は続いている。もっとも参加者はいつも六、七人。場所はピアノのあるお宅。

「いつか、昔のように二百人くらいの大合唱を再現したいものねえ」

よいお年を、と声をかけながら別れるとき、決まってそう話し合うけれど、実現するとは誰も思っていない。早足クリスマスは、こちらの都合などいっさいおかまいなしに、とっとこ過ぎていってしまう。

校舎と校風

私の母校である東洋英和女学院の中高部本館校舎がこの夏（一九九三年八月）、取り壊されることになった。昭和八年に建てられたこの校舎も老朽化が激しく、もはや元気溢れる十代の女の子たちを収めきる余力はなくなったらしい。在学生の安全性まで危ぶまれては反対を唱えるわけにもいかないが、卒業生のひとりとしては、あの古くさくも懐かしい校舎が完全に姿を消してしまうことに対し、なんとも残念でならない。

そもそも英和の校舎を設計したのは、アメリカ人建築家ウイリアム・ヴォリスという方だそうである。彼は英和の校舎だけでなく、お茶の水にある山の上ホテルや同志社大学など、明治三十八年に来日して以来、昭和三十九年に亡くなるまでの六十年間に、学校、教会、住宅などを含め、約二千近くの建物を設計し、日本に残したという。日本の西欧化が急速に進められていた時代だから、外国人建築家による建物が増えたのは納得のいくところだが、それにしても大変な数である。

今でも彼の名の建築事務所はあり、先日、そのヴォリス建築事務所の方にお目にかかることができた。

「ヴォリスの建築というのは、決して派手ではない。むしろ専門家受けはあまりしない地味なタイプの建物が多いんです。でも、その良さは時間とともにじわじわと現れてくるんですよ」

その話を聞いて、やっぱりそうだったかと、思わず唸ってしまった。

卒業してたまに英和時代の仲間と会うと、いつも話題に上るのは、あの薄暗い校舎で遊んだ思い出である。

「最初、新校舎からあの本館に教室が移ったときは、みんな嫌がっていたわよねえ。暗いし古いしって。でもだんだん愛着が湧いて、好きになってったわね」

三階の教室の後ろにはパティオがあり、休み時間に日向《ひなた》ぼっこをした。ときには授業中でさえ、先生が黒板を向いているスキを狙ってパティオに逃げ出し、叱られたこともある。かつてはテーブルマナーを身に付けるために使っていたという暖炉付きのダイニングルームや、小さな祈禱室《きとうしつ》に忍び込んで（そういう場所は使用頻度が低いので、先生の目が届きにくい）、占い遊びをした覚えもある。

生い茂った蔦の葉の隙間から漏れ入る外光が美しいといって、階段の踊り場に座り込んで、英語の単語を覚え合ったりもした。

「あの校舎のどこが一番好きだった？」

あらためてそう問われると、うまく答えることはできないが、どこということのない、あちらこちらのちょっとした一角に趣《おもむき》があり、居心地の良さを感じた。最初はわからなかった建物の味を、毎日使ううちにだんだんと感じ始める。ヴォリス氏の建築の良さは、まさにそこにあると知らされて、確かにそうだったと思い至ったのである。

いざ取り壊しが目前に迫ってくると、今まで思い出さなかった昔話が、いたるところから湧いてくるものだ。先日、私より数十年先輩にあたる英和の卒業生にお会いしたところ、

「あら、私の時代にもね、悪さはたくさんしたものよ」

白髪の婦人が話してくださった。

「あの階段の手摺《てす》りがとても頑丈で、滑り台にもってこいだったでしょ。手摺りにお尻をのせてスーッと滑って下りていくと、カナダ人の先生が怖い顔で立っていらっしゃるの。当時はしつけの厳しい外国の先生が多くて。じっとこちらを睨み付けておっしゃったものよ。“Do it again!”。私の前で、もう一度やってみなさいって」

失礼ながら、目の前の大先輩のお顔を見直して、つい吹き出してしまった。こんな品のある老婦人が、セーラー服を着て階段を滑っていた時代があったのかと思うと、うれしくなる。恩師である英語の中野先生が、校舎取り壊しを惜しんでおっしゃった言葉がある。

「校舎は単なる建物ではありません。校舎のなかから伝統が生み出され、校舎によって校風というものが受け継がれていくのです」

ヴォリス氏の建築のなかで育《はぐく》まれてきた日本のミッションスクールの女子教育がどんなものであったか、数々の思い出話を含めた記録を残そうと、じつは今、有志を集めて動き始めている。それにしても、こういうことに賛同してくれるのが、在学中、決して真面目だったとは言い難い卒業生ばかりなのは、不思議なことである。

思えば、私が卒業した二十数年前、すでにこのような事態を予見していた友人がいた。卒業式を間近に控え、彼女は仲間に囁いていたものだ。

「卒業の記念に、教室のドアの取っ手をもらって帰りたいなあ。ステキよねえ、これ。だって今にこの校舎、なくなっちゃうよ」

木製の厚いドアに付けられたそのドアのノブは、透き通ったガラスでできていて、彩色こそないが、古い西欧風の洒落たデザインが施されている。

彼女の父上は芝のレストラン、クレッセントを経営し、世界中のアンティークを収集しておられたので、なるほど目のつけどころが違うもんだと感心し、慣れ親しんだ校舎の良さをあらためて認識した覚えがある。しかし、取り壊されるなどということを現実的な問題として考えるには、さすがに若すぎた。

友人の名誉のために釈明しておくと、ドアのノブは結局、持ち帰らなかったが、今になると、産業廃棄物と化してしまうくらいなら、いただいておくべきだったかと悔やまれる。

八方尾根遭難記

一度だけ、雪山で遭難しかけたことがある。というのはちょっと大げさとしても、二十年ほどスキーをしてきた経験のなかではもっとも怖かった思い出だ。

大学二年の頃、友達十数人で八方尾根へスキー旅行に行った。本当は隣りの岩岳スキー場に宿をとっていたのだが、皆と相談し、一日だけ八方へ遠征しようということになったのである。その日は朝から快晴で、初めての八方の山々がみごとに美しくそびえ立って見えた。なだらかなゲレンデから、こぶだらけのギャップまで、あらゆるコースを満喫した末、

「もう一本だけ滑って、下山しようか」

仲間のひとりが提案したとき、「いやよ。もう疲れたから先に下りたい」組と「あと一本、滑りたい」組の二手に分かれた。私は「もう一本」組に加わって、リフトの列に並んだ。仲間のうち、イマイ君が私のすぐ前のリフトに乗り、あとの連中はかなり後方に並んでいた。

リフトに乗ってまもなくのことである。突然、カクッとリフトが止まった。機械音が消え、あたりは静かになる。

こんなことはよくあることだ。すぐに動き出すだろう。そう思って、スキー板にこびりついた雪をストックの先ではがしたりしながら待つ。が、いっこうに動き始めない。

「イマイくーん。おおーい。ヤッホー」

この時点ではまだ余裕がある。ところが、十分以上たっても動かない。少し不安になってくる。しだいに天気が悪化し、あたりが暗くなってきた。寒くて身体が動かない。そこへ前方から伝言が回ってきた。

「後ろの人に伝えてくださーい。電気が止まりました。飛び降りることのできる人はリフトから降りてくださーい」

どうやら停電になり、復旧の見込みがつかないらしい。そんなことを言われても、見下ろせば地面までは五メートル以上あると思われる。とても飛び降りることのできる高さではない。

「どうするぅ」震える声でイマイ君に呼びかけると、「寒ぃー」。

かくしてまもなく救助隊がやってきて、何やら長い棹《さお》のようなものを使って地上に降ろしてくれたのだが、そのあとがまた、ひと苦労だった。

リフトが止まっている間に、ゲレンデはすっかり凍りつき、カチンカチン状態。さらさら雪は風に飛ばされて、冷たいコンクリートの上に立っているようだ。

吹雪《ふぶき》はさらに激しくなり、一メートル先も見えない。

「ゆっくりでいいから、しっかり僕の後ろをついてこいよ」

いつもはふざけてばかりいるイマイ君が、今まで見たこともないほど真剣な表情で降りしきる雪のなかから叫んだ。

それにしても視界が悪い。どちらに向かって滑ればいいのか。おろおろしているうちにバランスを崩して転んだ。と、そのまま「あれえぇー」。つるつるのアイスバーンの上を滑り落ちたら、加速度がついて止まらなくなった。幾多のコブもなんのその。背中で軽々と乗り越えていく。

「大丈夫ですか?」

見知らぬ人がストックを伸ばして私の身体を止めてくださった。

「すいません、どうも。大丈夫、大丈夫です」

恥ずかしさと恐縮千万の気持ちが入り混じり、焦って起き上がろうとした。そのとたん、またもや足がからまって、ふたたび背中が滑り出した。どんどんスピードがあがり、どこまで落ちていくのか見当もつかない。その恐怖といったらないのだが、滑り落ちながら見渡すと、周りのスキーヤーが、吹雪の向こうで私を指差して、どうも笑っているらしき様子なのだ。

そしてようやく身体が止まったところに、イマイ君がやってきた。

「大丈夫かあ？」

そう言いながら、くすくす笑っている。

申し上げておくが、この時は本当に死ぬかと思うほど、怖かったのである。まったく人の不幸をなんだと思っているのかと、腹を立てながら、自分でも可笑《おか》しくなった。

恐怖と寒さと極度の疲労とが組み合わさると、化学変化を起こしたあげく、笑いが止まらない、という現象が生み出されるものなのかもしれない。頭のなかでそんなことを考えつつ、ときどき不気味にひとり笑いをしながらイマイ君の後ろを滑って下山した。

麓《ふもと》に下りた頃には、あたりは真っ暗になっていた。ところどころに出ている岩肌をスキーの板が踏むたびに、蒼白《あおじろ》い火花が散った。

心配した仲間が、途中まで歩いて迎えに来てくれていた。私とイマイ君の姿を発見すると、

大きく手を振りながら走り寄ってきて、

「よかった、よかった。無事だったか」

顔をくしゃくしゃにして、私の冷えきった身体を抱きしめてくれた。他のグループのなかには、抱き合って泣いている女の人もいる。

なんだか映画の一シーンに登場しているような気がした。それも、かなり主役に近い立場にいるのだ。もしかして、と周りを心配させた人間が、みごと生還を果たしたのである。とりあえず今のところ、誰もが私を心から迎え入れてくれている。

これは悪くない気分だという思いと、妙に照れ臭いような、わざとらしいような気持ちが同時に起こって、ふたたび笑いが込み上げてきた。

「雪山で死にそこなったことがあるのよ」

恐怖の体験を伝えようとするのだが、いつ誰に切り出しても、最後にはかならず笑い話に終わってしまう、しまりのない八方尾根遭難記である。

謙譲の悪徳

日本のある会社が香港で現地の人間を採用しようと求人広告を出したという。

「日本語のできる人を求む」

すると瞬く間に、「我こそは日本語が達者である」と胸を張ってたくさんの香港人が押しかけた。会社側はおおいに喜んで、さっそく面接をしてみたが、実際にはほとんどの人が、「コンニーチハ、サヨナーラ」といった挨拶程度しか日本語を話すことができなかったそうである。

この話を聞いたとき、私は「香港の人はすごい」と感心したものだ。何より語学ができるという認識が、日本人とずいぶんかけ離れているではないか。もし日本人が、「あなたは英語が話せますか」と問われたら、たいがいの人は、「少しだけ」と答えるであろう。この「少しだけ」が「はい、話せます」に変わるまでには長い道のりがあって、よほど流暢《りゅうちょう》に、アメリカ人もびっくりするほどペラリペラリとしゃべれない限り、「話せます」とはとうてい答えられない。恥ずかしいという理由もあるだろうが、もし「話せます」と答えた場合、その責任を自分が取らされたうえ、理解できなかったらどうしようという不安が、一瞬、脳裏をかすめるからである。

そこで、「まあ、そこそこ話せるな」と内心自負している人も、「少しだけ」と答えておく。そのほうが無難である。これが日本流「謙譲の美徳」なのである。

ところが香港のような国際貿易都市で生きていくためには、そんな呑気《のんき》なことは言っていられない。語学が堪能でなければ給料のいい仕事にはありつけないし、語学のみならず、自己PRの上手にできない人間は、出世も望めないという社会の仕組みが出来上がっているのだろう。つまり、少々はったりをきかせても、「できる」と先に手を挙げたほうが勝ちなのである。

もっともこれは、今から十年ほど昔の話だから、やや時代遅れの認識だと言われるかもしれない。今や日本の若者のなかにも、臆病がらずに「はい、話せます」と答える人間が増えている。しかし、私を含めたおおかたの日本人の心のなかには、善かれ悪しかれ「謙譲」を「美徳」とする意識が残っているような気がする。

学生時代、先輩からこんな手紙をもらったことがある。

「君はいつも、もうこれ以上は落ちる心配がないというところまで自分を卑下する癖がある。そうしておけば安心なのだろう。人から過大な期待をかけられて失敗するよりも、最初は期待されないで、だんだん評価が上がっていくほうが得策だと思っているのかもしれない。しかし、それは決して正当な自己評価にはつながらない。一見、謙虚に見えるけれど、それでは進歩がないからだ」

なんでこんなに厳しい批判をされなければならないんだと憤慨しながらも、同時に、自分でも気づいていなかった性格の新しい側面を、みごとに分析され、見せつけられたのには驚いた。

「ずいぶん、画面で見たときのイメージと違う人ですねえ」

テレビの仕事をしていて、初対面の方にお会いすると、決まって言われる台詞はこれである。この言葉のなかには、「もっと大きな人だと思っていた」（身長一五〇センチしかないので）という物理的ギャップもあるようだが、もうひとつには、番組中、あれほどしおらしく見えたのに、実際はよくしゃべる落ち着きのない女だと、驚かれるらしい。そしてたいがい「どちらが本物ですか」と訊《き》かれる。

私にしてみれば、どちらも嘘ではないのであって、両方とも自分である。そういう部分もあるがこういう部分もあるのだろう。が、どうも人はひとりの人間のイメージをひとつに固定したがるものらしい。

自分がよく認識していると思っていた人間の意外な側面を発見したとき、それを喜ばしいことと受け入れる人は少ない。たいがい、戸惑って、そのあげく、「あなたらしくない」という言葉で自分の馴染みの枠に戻そうとする。しかし「あなた」というイメージを作っているのは他人であって、当人にとってみれば迷惑な話である。「らしくない」部分が他人に迷惑をかけるのならばいざ知らず、そうでないかぎり、その人の新しい側面を発見できたことに、どうして肯定的になれないものだろう。

日本人は（と、こういう枠組みを作ることがそもそもいけないのだが）、対する人間の出方次第で自分の位置や行動を決めるきらいがある。だからこそ、なるべく早く、目の前にいる人がどういう人間なのかを判断、整理、類別しなければならない。これはもう、持って生まれた性癖のようなものである。

「あの人って、誰々に似てると思わない」というのも日本人の得意な台詞である。私個人も気がつくとしょっちゅう言っている。

こうして人は、自分の立場を確保するために他人を型にはめたがり、その作られた型からはみ出て「出る杭」にならないよう、自分自身は「謙譲の美徳」を利用する。

考えてみると、つくづく日本には、個人の秘めたる才能をできるだけ伸ばさないようにする基盤があることに気がついた。

では、どうすればいいのでしょう。難しい問題です。何しろ、他人をけなす人は多くても、おだて上手が少ない国だから。

「できる、えらいぞ、ほれ、ガンバ」

残る手立ては、自分で自分を褒めちぎり、なんとか怠けている細胞をたたき起こす以外にない。

生まれ変わり月

四月は生まれ変わりの月である。三月までの悲しい思い出や嫌なことを全部忘れ、いい思い出は残したまま、全取っ替えをしたくなる月である。

なんといっても四月には桜が咲き、そよ風が吹く。肌にチクチク突き刺す冷たい空気がふいにやさしくなり、さあ、なんでもやりたいことをおやりと囁きかけてくる。生まれ変わるのにこれほど最適な季節があるだろうか。


小学校の頃、私は自分のクラスに心を許せる友達ができなかった時期がある。転校生だったせいもあるのだろう。途中から参加したチビの私に、クラスの誰もが興味と同時に警戒心を抱いたらしい。

ある日は、ニコニコしながら私に近寄ってくる子がいる。しばらく彼女とおしゃべりをするうちに、だんだんこちらの気持ちも和らいで、これでやっと友達ができたんだと嬉しくなる。が、翌日、その子のそばに近づくと、前日とは打って変わった冷たいあしらいを受けるのである。

なぜだろう。私が何か気に障るようなことでも言ったというのだろうか。理由を知りたくてもう一度そばに寄ったが、彼女は別の女の子と、それは楽しそうに戯《じゃ》れている。

そんなことが何度か繰り返されるうちに、私は、願うようになった。

「早く四月が来ないかなあ」と。

四月になれば学年が上がり、きっとクラス替えがあるだろう。クラスが替われば、新しい友達と出会える。過去の私を知らない子と会えるのだ。

私は新しい友達の前で、本当にいい子に振る舞うことができるだろう。今まで意地悪な連中にさんざん指摘されたような、チビのくせに生意気で、怒りっぽくて、そのくせ泣き虫で気が弱い性格とは訣別し、皆が驚くほど明るく気立てのいい女の子になってみせる。心のなかでそう誓った。

春の花の香りを嗅《か》ぎ、四月の日差しとぬくぬくしたそよ風に当たれば、きっと生まれ変われるような予感がしたのである。

しかし毎年、桜の木がすっかり緑色に変わってしまう頃には、いつもの悪い性格が現れて、私の夢は翌年に繰り越されることになる。

成長するにつれ、自分の嫌いな性格とも友達とも、なんとかうまくつき合うコツを覚えたけれど、四月変身願望の癖だけは抜け切らなかったようである。

大学時代、ある男の子を好きになった。一年先輩のその人は、猛烈に背が高くて格好よかった。私より三〇センチ以上高かったと思われる。私と話をするときは、腰を六十度ほど屈《かが》めるか、階段の段差を利用した。あるとき彼は、学校の庭の隅にあいていた大きな穴に両足をつっ込んで立っていた。近づいていって、何をしているのかと尋ねると、このくらいの高さだと、君と話をするのにちょうどいいかと思って、と言って笑った。

バカにした感じでなく、本当に親切に思って、わざわざそんなことをしてくれた（らしい）彼のことを大好きになったのは、その瞬間だったような気がする。

その後、長い片思いの期間を経て、ようやく手を繋《つな》げるほどの仲になった。友達は、私達が手を繋いでいる姿を発見すると、ちっともロマンチックじゃない、それじゃまるで、お父さんに手を引かれている幼児みたいだと言って笑い転げたものである。

そして彼の就職先が決まり、卒業が間近になった頃、私はいろいろなことを考えた末、彼と別れようと決心した。

決して彼のことを嫌いになったわけでも、飽きたわけでもなかった。ただなんとなく、このままノホホンとおつき合いを続け、ノホホンと私も卒業し、ノホホンと結婚したりするのかなあと考えているうちに、不安になったのである。このままでいいのかしら、と。

今思えば、あのとき別れていなければ、私も結婚できたかもしれなかったのに、惜しいことをしたものだ。

まあ、それはさておき、そうと決心したからには、宣言する日取りを決めなければならない。意を決して彼に電話をかけ、まことに勝手ながら、三月三十一日に会いたいと申し出た。自分が言い出しておきながら、彼が「しばらく立ち直れないと思うけど、君の言うことはわかったよ。じゃ、さよなら」と言い残して去っていった後、無性に悲しくなり、家に帰ってベッドのなかでワンワン泣いた。しかし、きっと明日になれば、あの人は新しい環境で新しい人たちと出会い、まもなく元気を取り戻すことだろう。そう信じて選んだ日取りである。

そして……、その願いは予想以上に叶ってしまった。

数年後、彼はとてもきれいな人と出会って結婚したという噂を耳にしたのである。

郷愁の梅雨

六月という月を、小さい頃からどうしても好きになれなかった。どうしてだろう。たぶん、梅雨のせいである。あの、じとじとした不快な日が、これでもかと続く毎日が耐えられない。不快という感情は、個人によって差があるらしく、むわっとした空気もさほど気にならない人がいるものだ。額にじっとり汗を光らせながら、さわやかな笑顔を見せてくれる人を見ると、それだけで尊敬に値する。とてもあんな顔はできない。お金持ちになったあかつきには、ぜひとも梅雨のない国に住んでやるぞと、何度誓ったことだろう。

六月が嫌いな理由はほかにもある。学生時代、学期の中間試験というのは、だいたい六月に行なわれたものだった。衣更えの時期を迎え、涼しい夏服に変わっても、気分は晴れない。暗い試験が目前に控えているからである。試験中、クラスメートの白い背中を見渡しながら、「どうせみんな、わかってるんだろうなあ。書けてないのは、あたしだけなんだろうなあ」と不安な面持ちで答案用紙を読み直す。聞こえるのは、時計の音と、見回りをしている先生の靴音だけである。答えを思い出そうと教室の外を眺めやる。暗く重い雲をバックにして泰《たい》山木《さんぼく》が真っ白い大輪の花をつけている。

「へえ、泰山木の花って、ずいぶん大きいんだなあ」

感心して見とれているうちに、ベルが鳴り、

「はい、それじゃ、後ろから集めて」

先生の号令を合図に、試験が終わる。

試験の恐怖から解放されて、すでに何年もたっているというのに、六月の湿気を感じたとたんに思い浮かぶのは、薄暗い教室と泰山木の花である。

あるとき、念願だったはずの梅雨のない街、ワシントンD. C. に一年間住んだ。梅雨がないとはいっても、アメリカの都市のなかで、ワシントンは湿度の高い街として知られていて、「夏は蒸し暑くてたまらないわよ」と、ワシントンの夏を毛嫌いするアメリカ人は多い。そもそも湿地帯に作られたから、一年じゅう湿度が高いのだそうだ。そう聞かされてはいたものの、もっと湿度の高い国からやってきた私には、ワシントンの空気が乾燥しているように感じられた。

まず、住み始めて一週間で、肌から湿り気が失せ、粉吹き芋《こふ》のようになった。日本に生まれ育ってこのかた、ボディーローションやボディーオイルというものを必要だと思ったためしのない私が、それらの化粧品を手放せなくなったのだから、そうとうの乾皮状態だったということだ。そして冬の季節がやってきたときは、顔も唇も手足もぼろぼろ。ちょうどその時期に日本からやって来た友達が私の手を見てしみじみ言った。

「佐和子さん、おばあちゃんみたい」

しかし何より辛かったのは、乾燥からくる静電気の発生であった。私の住んでいたアパートの床にアクリルの絨毯が敷き詰められていたせいもあるのだが、その静電気の威力は、並ではなかった。何しろ、ドアの取っ手からカーテンのレール、電気のコンセント、電気スタンドのスイッチ、電話のコード、ワープロの画面、ステンレスの椅子や金属枠のついた洋服ダンスの扉にいたるまで、ちょっと触れるだけで、「バチッ」という音と同時に青白い火花が散るのである。何をそんな大げさな、たかが静電気でしょ、と言われるかもしれないが、それはほんとうに恐怖である。ぴりぴりとした電気ショックが身体をかすかに通り過ぎるなんて程度のことではなく、青い火花はときに直径三センチほどにもおよび、実際、痛いのである。

とうとう私は家のなかにいるあいだも、常時、鍵を持ち歩かなければならないはめとなった。ドアの取っ手など、静電気が起こりそうなものは、まず鍵で触れ、放電してから握るようにする。そうすると、完全ではないが、「バチッ」のショックはそうとうに和らげられる。これはいいことを思いついたと喜んだが、そうなると、鍵が手放せない。朝起きてから夜寝るまで、まるでお守りのように鍵を握っていなければならず、まさに木口小平（少々古いが、死んでもラッパを離しませんの兵隊さん）の心境だ。

ときどき鍵をどこかへ置き忘れることがある。そのときは、恐ろしくて身動きもできない。抜き足差し足、あらゆる金属、電気関係のものに触れないようにして、鍵捜索に乗り出さなければならない。もっとも白い壁を触るだけで、びりっとくることもあったから、油断大敵なのである。

あらゆる行動は鈍くなり、がさがさしわしわの手足をおっかなびっくり動かしつつ、家のなかをうろつきまわる私は、我ながらおばあちゃんであることを認めざるをえなかった。

日本に帰る日、数多くの友達と緑に囲まれた美しいワシントンの街並みと別れを惜しみながら、唯一、ほっとしたのは、あの恐怖の「バチッ」から解放されることであった。

帰国して、懐かしい自分のアパートに戻り、お風呂場のすみにこびりついた黒かびや、乾きにくい洗濯物を見たとき、無性にうれしくなった。まな板に残るぬめぬめした感触や、湿気たおせんべいに「ほうほう」と感激の声をあげた。

しだいに湿ってくる空気を思いきり吸い込んで、生まれて初めて、あのじとじとした空気と、泰山木の強烈な匂いを含んだ重苦しい季節を、待ちこがれている自分に気づいているのである。

かみなりの恩

何が怖いといってかみなりほど怖いものはないと思ったのは、小学校五年のときだった。

父も火事も地震もみんな怖いけれど、やっぱりかみなりがいちばんタチが悪い、と確信したのを覚えている。なぜそんなにはっきりとかみなりの恐怖について記憶しているかというと、それには理由がある。

その年、ウチの家族はひと夏を軽井沢で過ごした。東京とくらべるとはるかに涼しく、空気は澄み渡り、とうもろこしもトマトもキュウリも新鮮でおいしくて、なんと快適なところだろう、これでどぎつい色をした巨大蛾《が》としつこいアブ、そして何より、かみなりさえなければ、天国かと思われた。

実際、軽井沢では毎日のようにかみなりが鳴った。ついさっきまで晴れ渡っていたかと思うと、みるみるうちに黒い雲が迫ってきて、あたりが真っ暗になる。あら、夕立かしらと気づく頃、恐怖のかみなり攻撃が開始され、大粒の雨が落ちてくる。

思いきりよく降る雨は大好きだったが、あの激しいかみなりだけは、何度経験しても慣れることができなかった。

ある日、父と母が夕方から出かけることになった。家に残されたのは、兄と私、そしてまだ二歳になるかならぬかの弟の、三人だけ。

子供達だけで留守番をすることに不安はなかったが、かみなりだけが気がかりである。両親がいない間にかみなりが鳴ったらどうしよう。私のほうが脅えてしまって弟を守ってやることができなかったら、姉の名がすたる。兄がいるとはいうものの、赤ん坊の面倒を見るのは自分の責任だという意識が強かったせいか、そうとうに緊張していたと思う。

母の作り置いてくれた夕食を済ませたのち、兄はテレビで野球中継を見始め、私は弟を相手に絵本を読んでいた。

その時分からである。心配していた通り、遠くでゴロゴロとかみなりが轟《とどろ》き始めた。窓の外を見ると、ピカリと稲妻が光ってからゴロゴロが届くまでにはだいぶ間があるようだ。この間隔がしだいに縮まって、かみなりの音が大きくなるだろう。ゴロゴロなんて悠長な音ではなくなって、ビリビリバリバリと、まるで鉄板を引きちぎるかのような不気味な音に変わるのだ。これが苦手だった。この音を聞くたびに、身体のすみずみから血の気が退《ひ》いて、精神不安定状態に陥っていく。いつか、この家を直撃するかもしれないと想像しただけで、生きた心地がしなかった。

いつもなら、早々に押し入れから布団をおろし、その下に潜ることができた。佐和子ったら大げさなんだから、と家族に笑われてもしかたがない。怖いものは怖いのである。恥を忍んで布団の下で脅えていたものだ。

しかし、今夜だけはそんな弱気でいるわけにはいかない。幼い弟がいるのである。

幸いなことにその夜は、いつまでたってもゴロゴロが近づいて来る気配がなかった。今日は遠いみたいでちゅねえ。弟を慰めるふりをして、自分自身を安堵させていた。

　すると突然、そんな油断を裏切るかのように、空が光った。と同時に、大音響が轟き渡った。胃も肝臓も腸もひっくり返ったのではないかと思われるような、太鼓を一万個ぐらい鳴らしたような、ものすごい音だった。

　とうとう落ちたんだ。

　反射的に弟を抱き寄せた。あたりは静まり返っている。そっと目を開けると、真っ暗で何

も見えない。もしかして、私たち兄弟は死んじゃったのかもしれない。ここはもはやあの世なのだ。そう信じたくなるほどに静かで暗かった。弟は驚き過ぎたのか、泣き声も立てず、しっかと私の胸にすがりついている。

「おにいちゃん」

私は半泣きの声で隣り部屋にいる兄を呼んでみた。

「ああ、驚いたあ。すごかったねえ」

元気な兄の声が返ってきた。兄は、テレビの映りを調整しようとアンテナをいじっていた、ちょうどその瞬間にドスンと来たので、手がびりびりしたと、興奮気味に話した。

まもなく両親が帰って来た。真っ暗な家のなかを見て驚いたらしく、「おまえたち、大丈夫か」と聞く父の声がこわばっていたような気がする。

兄はふたたび、手にびりびりきたという話を父に報告し、私は弟を抱きしめて、じっと恐怖に耐えた話を母にした。

翌朝起きると、家の前の電信柱に作業員がのぼって、壊れた電線の修理をしていた。近所の噂で、かなり近くに落ちたらしいことがわかった。改めて、自分が大変に怖い経験をしたのだと再認識したが、同時にどこか誇らしい気持ちにもなっていた。あんなに怖い目に遭いながら、母親の代理をちゃんと務めたのだぞと。

「あのとき、あんたを守ってやったのは、姉さんなんだからね」

夏の終わり、かみなりが鳴ると思い出し、ときどき弟を呼びつけて話すことがある。が、当の本人は、なーんにも覚えていないと、まことにもって、恩知らずなものである。

さびしい汗

子供の頃から汗かきだった。

まだ、幼稚園にも上がっていない三歳か四歳の夏、朝、頭に留めたヘアピンが、一日外で飛び回って、夕方帰って来ると、

「なんてことでしょ。また錆《さ》びてるわ」

茶色く変色したピンを、汗で濡れた髪の毛から引き抜きながら、母は毎日のように驚いたものだ。当時のヘアピンが今のものより悪質だったことを考慮するにしても、一日にしてこれほどの成果をあげてくるとはめずらしいと、近所の人からも呆れられた。

その頃、母が私につけたあだ名は「ジョウロ」だった。手の甲を見つめていると、とめどなく溢れ出る汗が、ちょうど植木に水をまくときのジョウロに似ているという。ほら、見て

ごらん、出てくる、出てくると、家族一同、私の手の甲を覗きにきては笑うので、なんだかばかにされているようで心外だったのを覚えている。

ジョウロはその後成長し、中学校に通う頃は「トマト」と呼ばれるようになる。夏の日の体育の授業のあと、何時間も赤く染まったまま、汗を流しながら火照っている顔が、まさに「トマト」なのだそうである。これも本人としては気に入っていると言いがたかったが、的を射ていることは認めざるをえない。

友達というものは、仲間の特徴を上手につかんだうえで、その特徴を最も的確に表現する才覚にたけているものだ。

汗には関係ないが、同じ時期、「アガワさんは、おどおどまっしぐら」と言われたときも驚いた。あたりの様子を窺いながら、おどおどしているようで、突然、ひとつことに突き進む癖があるという。だからといって必ずしも成功に結びつかず、たいがい途中で挫折するのが常のことであり、このあだ名の裏にはそういった「ばかだねえ」という響きも込められているのである。

ついでにもうひとつ白状すると、高校になってからつけられたものに、「カメ」というのがあった。授業中に机に伏して居眠りをしていたら、隣りの机に座っている友達が小声で私を呼んでいる。寝ぼけ眼《まなこ》で顔を上げ、「ん?」と答えると、数人の友達がけらけら笑い、「やっぱりカメだあ」。

私の寝ぼけた眼が、下まぶたを閉じる寸前のカメの目にそっくりだというのである。その日、家に帰ってから鏡の前に立ち、自分で確かめてみたところ、なるほどごもっともと感心した。仕返しに、こちらから友達に向けてあだ名をつけてやろうと企むが、自分につけられたものほどの傑作に至った覚えはない。

さて、話がだいぶそれました。汗についてである。

これほどの汗かきだった私だが、ここ数年、いや、もっと前からあまり汗をかいていないような気がする。たしかに夏の炎天下、少しでも町中を歩けば多少の汗はかくし、そのときになれば「暑い暑い」と文句を言ってはいるのだが、その時間が昔にくらべて、極端に短くなったようなのだ。「暑い！」と叫んだ次の瞬間には、冷房のよく効いたどこか（ビルのなか、タクシー、電車など）に避難することができる。で、たちまち身体じゅうの汗は退き、今度は上着が欲しくなる。ハンカチを忘れても、カーディガンだけは忘れまいと思うようになったのは、いつ頃からだろうか。

汗をかかなくなったのは、歳をとったせいだ、と人は言う。いい汗をかくために、スポーツクラブへ通いましょうと勧めてくれる人もいる。

歳をとったのは認めるが、お金をかけて汗などかきたくないものだ。お金をかけて汗をかくことから逃れたあと、今度はお金をかけて汗を作りだそうだなんて、そんな非効率的なことは(一度したが、もう)したくない。私はけちなのである。

汗かき体質の私に言わせていただけるのならば、汗をかいている最中に、「ああ、いい汗だ」などと思ったためしはない。たらたら背中をくすぐっておしりに下りていく汗や、目のなかに入り込み、しみる汗など、気持ちのいいわけがないではないか。

ただしかし、そんな気持ちの悪い汗を、いやというほどかいたあと、それまで生ぬるいと思っていた風がにわかに涼風へと変わり、水道の水がどんなジュースよりおいしく感じられたときは、心底しあわせだと思う。

そんな快感を味わうことがなくなった夏は、少しさびしい。

夢うつつ

自分が見た夢の話を披露するのが、昔から好きである。こういうことは遺伝するのか、それとも家族の習いか、我が家の人間はよく、夢の話を朝の話題にする。

「ああ、昨日変な夢を見たよ」

パジャマ姿で食堂に現れた父が、複雑な顔で言うので、「どういう夢？」と尋ねると、「おまえが死んだ夢」。

まったく朝から縁起でもない。よしてよと、たかが夢に翻弄《ほんろう》されて迷惑千万な思いをすることもある。

いっぽう自分はどんな夢を見るかといえば、さてはて最近、どんな夢を見ただろう。

夢の内容を覚えていられるのは、目覚めて一、二時間以内と決まっている。科学的論拠はないけれど、経験的に見て、それくらいだと思われる。それ以上、時間がたってしまうと、まるで焼きたてのスフレがみるみるしぼんでいくように、頭のなかが固まって、まったく記憶から消えてしまう。早く話さなければ。忘れてしまわないうちに、誰かに話しておかなければ。あんなにおもしろかったできごとを忘却のかなたに追いやってしまうのはもったいない。

家族の誰もが同じことを思うのか、我が家の朝の食卓は、それぞれの夢の話だけで大忙しとなることがある。

ひとり暮らしを始めてから、夢を語る相手がいない。だから早く忘れる。そこで、たいがいの夢は覚えていないけれど、概して怖い夢の内容は記憶に残るようである。

最近、見るようになった怖い夢はたちが悪い。約束した原稿が書けなくて、どうしようどうしようと思い悩みながら眠りについたときにかぎって見る夢なのだが、話は現実の延長で、夢のなかでも私は原稿が書けなくて焦っている。私以外の出演者はときによって異なるが、その人に向かい、「書けないの。困ったなあ」と相談したりしているうちに、突然ひらめいて、そうだ、あのテーマなら書ける。大丈夫、書ける書けると、話はすっかり好転し、最後に「書けたぞー」というところで夢から覚める。とても幸せな気持ちになって目覚めると、ぜんぜん書けていないのだ。

これはショックである。だってさっきはあんなにうまく書けていたではないか、あの話はどこへ消えてしまったんだろう。急いで記憶の糸をたぐり寄せ、夢のなかで書けたはずのストーリーを思い出そうとするが、ダメである。たとえ思い出せたとしても、その筋では話のつじつまが合っていなかったりして使いものにならない。そこへ編集の方から催促の電話がかかる。

「書けましたでしょうか」

「いえ、さっきまで書けてたんですが、今ちょっと、書き直しています」

それ自体は怖くないけれど、目覚めた瞬間に怖い悲しい思いをする夢である。

子供の頃、高熱を発すると必ず見る夢は決まっていた。鬼が追いかけてくる夢である。赤や青の鬼が、こん棒を持って後ろから全速力で追いかけてくる。こちらも全速力で逃げるのだが、鬼との距離はだんだん近づいてしまう。ああ、もうだめだと思ったとき、ふと気がつくと、私は鬼を背中におんぶしながら逃げている。おんぶしながら相変わらず、「怖いよお、怖いよお」と泣いている。そして次第に意識が戻る頃、遠くで、トントントンと、音がする。台所で母が野菜を切っている音である。そのリズミカルな音が、耳のなかでどんどん大きくなり、しまいに反響し始める。トントンがぐあんぐあんと、ドラのように頭のなかで鳴り響く。とてもたまらなくなって、泣きながら母を呼ぶ。

「やめてえ、こわいよお」

慌てて飛んできてくれた母に、恐怖の夢の話をすると、いつも笑うのである。

「なんで鬼をおんぶしなきゃならないの」

そんなこと聞かれても、私だってわからない。

おんぶ鬼の夢はさすがに見る回数が減ってきたが、数年前、それに勝るとも劣らぬ恐怖の夢を見た。

夜中、寝苦しくて目が覚めた。いかにも恐怖の体験の導入部にふさわしい表現になってしまったが、まさにそんな感じである。正確なところ、目が覚めたのか、目が覚めたと思っただけなのか、そこのところがよくわからないのだが、そのときは明らかに目が覚めたと思った。といっても眠いので、パッチリとは目が開かない。うつらうつらの状態で、薄目を開けてみると、仰向けに寝ている私の上に、何か大きな物体がのしかかってきている。それがまた、むちゃくちゃに重い。目を凝らしてみると、筋肉たくましい大男である。

ここで何やら色っぽいことをお考えの方もおられるでしょうが、当人はそんな余裕はない。それどころではなく、重いし怖いし、とにかく身体が動かないのである。ちょっとどいてよ、ともがき苦しみながらさらによく見てみると、それがなんたることか、アーノルド・シュワルツェネッガーではないか。

それまで私は彼の映画をろくに見たことがなく、別にファンでもなんでもなかった。元来、あのようなマッチョマンを好むたちでもない。それなのに、なぜ彼が登場したのか。まったく心当たりがない。が、ともかくシュワ君が、私の部屋に来ているのである。しかも私の身体の上に、鉄の布団のように重くのしかかっている。これは何とかしなければならない。日本語では通じないかと思い、かすかに「プリーズ・プリーズ」と言ってみるが、声がうまく出ない。

その後の夢の顚末《てんまつ》がどうなったのか、完全に記憶から抹殺されてしまったので続きを書けないのが残念であるが、その夜のシュワ君の重さだけは、深く頭のなかに刻まれた。

「一度だけ、金縛りにあったことがあるの」

そう言ってこの夢の話を始めると、最初は真剣な表情で聞いてくれる人も、「シュワルツェネッガー」という名前を出したとたん、真剣に取り合ってくれなくなる。

「どうして彼がそこに出てくるわけ?」

そう言われても、わからない。しかしあれは確かにシュワルツェネッガーだった。

疲れたときは

友達数人が集まって、中華料理を食べに行った。三十過ぎの女が何人か集まれば、圧倒的に既婚者が多くなり、未婚者は肩身の狭い思いをしなければならないのが通常のパターンだが、その日に限ってめずらしく全員が独身だった。

なかにひとりだけ、ボーイフレンド同伴が混ざっていたせいか、少し気取った女どもがいつもの軽薄さを抑え、話題は日本のクラシック音楽の現状とか、女性の職場進出についてと、やや真面目路線に終始していた。が、場所を変えて食後のコーヒーを飲む頃になり、私が「ふう、ちょっと疲れたね」と口走ったのが間違いのもと。

「疲れるってどういうことなの。僕はわからないな。経験がない」

唯一の男性から、突然、反論があった。

「話や人に疲れてボーッとしたくなるときって、あるじゃない」

「肉体的、精神的疲労が全部一緒になって、何だか滅入ることなんてないの?」

まわりの女が寄ってたかって意見を述べても男性氏は納得してくれない。

「逃げの台詞、甘えだと、僕は思うんだな。拒絶の意志を表しててんじゃないの?」

頭が痛い、肩が凝る、眠い、あるいは本当に病気というのなら理解できるけれど、ただ漠然と「疲れた」と発言する人が最近、多すぎる。結局、「いやだ」の変形に過ぎないよ、というのが、彼の見解である。

なるほど、確かによく使っている。朝、起きた途端に「疲れ」、人と挨拶をすると「疲れ」、仕事を終えて更に「疲れ」、翌日の心配をして「疲れる」と言う。実際そんなに身体が虚弱化しているかといえば、そうではなく、要は「気が乗らない」という、気分の問題であることが多い。

「疲れた」と言うことによって、人からの同情を期待し、自分を慰め、心が安まる。言い出すと癖になるから、ちょっとしたときにも、簡単に口から出る。

昔、父から帰宅時間を尋ねられ、「わかんない」と答えて、ひどく叱られた。自分の行動に関して見当もつかないってことはない。非常に感じがよろしくない。

「私もあなたの父上に賛成だな」とおっしゃったのは大宅映子さんだ。

「うちの娘も何かっていうと全部『わかんない』なの。わかんないってのはね、ああも考えてみました、こういうことも考慮してみました、でもどうしてもわかりませんってときに使う言葉です。それなのに、あなたは何も考えないですぐ『わかんない』。生意気よって言ってやるんですけどね」

「疲れた」も「わかんない」と同様、相手に対して、誠意のない、傲慢な言葉に聞こえる危険があるのだろうか。誰もが安易に連発するうちに、本来の意味から離れてしまっているのかもしれない。

その翌日は、朝から取材でろくに食事をとる暇もないまま、夕方、ある立食パーティーに出席した。会場に入る直前、ストッキングの穴に気づき、慌てて薬屋さんに駆け込むと、二千円のイタリア製しかないと言われる。仰天したけれど仕方ない。お金を払ってお手洗いに飛んでいき、はきかえてから会場に赴く。すでにパーティーは始まっていて、大混雑。知り

合いの顔を探すのに時間がかかり、まるでデパートで迷子になったときの心境になる。なんとか居場所を確保するが、右手にグラス、左手に料理ののったお皿を持ち、肩からバッグがずり落ちないよう気をつけながら立っているだけで容易なことじゃない。その上、何か口に運ぼうとするたびに、どなたかと目が合って、ひとしきりご挨拶、ステージに向かって拍手。ようやくテーブルに置いた自分のお皿を探す頃には、すでに片づけられた後で、見当たらない。ふたたび料理を取り行くと、「阿川さんはよく食べるねえ。もう三回目でしょ、ローストビーフ。ちゃんと見てるんだから」。

あらぬ疑いをかけられて、「だって、まだ食べてないんですよ」とムキになればなるほどからかわれ、ろくなことはない。

他人様に傲慢な態度は取りたくないけれど、甘えだろうが逃げだろうが、私は断固として「疲れた」のである。こんな日はうちへ帰って思いきり大声で「疲れたぞお」と叫び、誰かに「よし、よし」と慰めてもらわなきゃ、気分は晴れないではないか。

憤慨ばあさん

先日、友達数人と食事をした。店に入って席につくと、隣りのテーブルに七人の女性のグループがいて、すでに食事を始めていた。学生時代の仲間だろうか。見たところ年齢は四十代半ば。髪を赤く染め派手な服を着ている人もいれば、対照的に平凡な主婦といった地味な印象の女性もいるが、みんな、気心が知れているようで、おおいに会話がはずんでいる。小さな店なので、聞くまいと思っても、つい話が耳に入ってしまう。

「話題、そうとう広そうねえ」

ひとしきり彼女たちの様子を観察してから、友人が私に囁いた。同感だった。ちょうど私もそう思っていたところである。何しろ料理の話から始まって、『マディソン郡の橋』の感想、最近読んだ本、政治の問題点、ウオの目の治し方、芝居、映画、音楽に至るまで、ありとあらゆるジャンルを網羅し、その合間に遅れて到着した人が、

「いやね、東京駅の地下で迷っちゃって」と謝れば、もうひとりが受けて曰《いわ》く、

「あら、あそこは要領さえつかめば簡単なの。教えてあげる」

続いて別のもうひとり、

「あたしは地下はだめ。地下は大嫌い」

誰もが自信に満ちた話しぶりだ。語尾がすべて断言調で迫力に満ちている。しかも声が大きいのなんの。こちらで話をしようとするたびに隣りから「あーら」「やめてよ、だめだめ」

「がっはっは」とすさまじい歓声が上がるので、ちっとも話題に集中できない。

最初は話題の豊富さと評論の鋭さに感心していた我々も、その度を超えた騒ぎぶりが一時間以上に及ぶに至っては、我慢の限界を超えつつあった。

なぜそれだけの教養と批判能力を持ちながら、まわりの人間に迷惑をかけていることについては誰も気づかないのだろうか。注意しようか。しかしどう切り出そう。躊躇していると、ようやく軍団が立ち上がり、そのなかのひとりが帰り際、こちらを向き直っておっしゃったのである。

「お騒がせしましたねえ」

すると、すかさず私の友人が毅然と言い放った。「そうお思いになるのでしたら、もう少し静かにしていただきたかったですわ」。

あっぱれであった。それまでの不快感がいっきに半減。とたんに相手の顔から笑みは消え、むっとした表情で黙って去っていった。

しかし、静寂の戻ったテーブルで私たちはしみじみと語り合った。

「明日は我が身よ」

女が若いうちは少々騒いでも、他人様からは「かしましいが可憐だ」と好意的に評され、万一、礼を失しても「ごめんなさい」と小さく肩をすぼめれば許されたものである。しかし歳を重ねるうち、可憐さは望むべくもなく、かしましさにドスと過信が加わって、まわりを威圧するようになる。そうなりたくないと思ったところで、たいがい、なる。日本の社会が女性に対して「若く可愛い」ことだけを評価の最重要点と見なすかぎり、その年齢から外れた女は、ひらきなおって強くなるしかないのである。

まあ、社会のせいにしてもつまらないけれど、いずれにせよ女は他人の目というものを関心の外に置くようになるのではないか。そして自己満足の行き着くところは、教養や審美眼を磨くこと。ただしそこに社会性が欠如しがちだ。「やん、うっそー」の可愛げを持たない年増の女の教養に、世の中が関心を示さないのだから、しかたあるまい。

かくして女の歩む先は、「社会性の欠如したたくましいインテリ」。そして今日のところはとりあえずその被害者となった私たちも「明日は加害者」になりかねないのである。

しかし、同じたくましくなるのなら、「可愛げ」とさよならをするのなら、もうひとつの道を選択する手が残されている。つまりそれは、「うるさい！」と怒鳴る側にまわることである。

私はこの夜、ふだんは世にも優しい声を出す友人が果敢に発した台詞を聞いて、将来の自分を設計した。

「明日は我が身」となりたくなければ、この際、徹底的に「憤慨ばあさん」になろう。そしてそのためには、いかに洒落た怒り方をするか。それが今、老年準備段階に入りつつある自分に課せられたテーマだと思っている。

おいしいおしゃべり

一年間、アメリカに暮らした。暮らしてみてわかったことは、アメリカ人がつくづくパーティー好きだということだ。家族中心のパーティー、ごく親しい者同士のパーティー、あまりよく知らない人が知り合うためのパーティー、イースター、サンクスギビング、クリスマス、誕生日、ハウスワーミング、ブライダルシャワー、ベビーシャワー、画廊パーティー、カクテルパーティー、ポトラック（持ち寄り）パーティー、大きなパーティー、小さなパーティー。挙げるときりがないけれど、とにかく何でもパーティーにしてしまう。アメリカ人は概して他人を自分の家に招待するのが、苦にならないらしい。最近は日本人のなかにもパーティー好きの人が増えたようではあるが、私には、とてもあれほどの元気はない。

だいいち部屋をきれいに片づけなければ他人様をお招きできないというものだ。何しろアメリカのパーティーホストは、お客様を招くと、まず飲み物でもてなしながら、ハウスツアーなるものを開始して、自ら家じゅうを案内して回り、自慢の家具やコレクションの数々を披露するのである。

「この電気スタンドはアンティーク屋で見つけたものでね。十九世紀後半のフランス製なんですよ」「まあ、すてき。どこの店ですって？　私もアンティークを集める趣味があるんですよ」「じゃ、先週の蚤《のみ》の市には行きましたか」

ってな調子で、会話もはずむ。こうした演出を一家の主がさりげなくやってのけるのだから、粋なものである。

さて、その間に台所ではそろそろ食事の支度が整って、ダイニングルームへの誘いの声がかかる。招かれた人々はひとりずつお皿とナプキンを持ち、並べられたごちそうを取って回る。ひと通り取り終えたら、好きな場所に陣取って、食事を楽しむ。その間じゅう、もてなす側は、料理や飲み物が充分にお客に配分されるかを心配するだけでなく、積極的に会話に加わらなければならない。招かれた者とて同様。あまり食べることだけに集中してはいけないものらしい。ほどほどに食べつつ、隣りの人との会話も絶やさないようにしなくてはならない。でもって、たとえばおかわりを取りに行く機会を利用して、新たな話し相手を求めて場所を移動する。

「おっと、ごめんなさい」などとお皿がぶつかった拍子を利用して「まだ、ご挨拶してませんでしたね。私はジェーン。はじめまして」。

初対面の出会いのタイミングをつかむのがまた、じつにさりげなく、皆さん、お上手なのである。

こういうアメリカ人パーティーの風景というものを、滞在中何度も観察してきたが、結局自分では一度も首尾よくできたためしはなかった。そしてパーティーお開きの頃には、必ず言われたものである。

「サワコって、とても静かな人なのね」

これは決して褒め言葉ではない。知らない人の前でも自分独自の意見や考えを充分に披露できない、パーティー落第生ということだ。そんなわけでパーティーは、私にとっていつも苦痛の種であった。

しかしいくら苦手だからといって欠席してばかりはいられないし、一度くらいは、自分もパーティーを主催しなければなるまい。そう思い、本当に一度だけ、帰国直前に決行した。

さあ、そうなると大混乱である。誰に案内状を出し、どんな料理を作り、飲み物をどれほど用意し、部屋を片づけ、ホステスとしては何を着よう。日が近づくに連れて悩みは増すばかり。ほとんどイライラが頂点に達しようかと思われる頃、アメリカ人の友人に言われたのである。

「大丈夫。そんなに神経質にならなくても。パーティーのいちばんのごちそうは、おしゃべりなんだから。みんなが楽しくおしゃべりできる場を与えられれば、それで充分。パーティーは大成功」

こうして当日は、日本風カレーライスを大量に用意して、総勢三十人ほどの友人を迎えた。そうそう、私の住んでいた狭いアパートにはとうてい入りきらず、友達の広い家を拝借したおかげで、掃除もしなくてすんだ。

それでもぎりぎりまで準備に追われ、普段着のまま、お化粧もしないでお客様を迎えるはめとなったが、誰もそんなことは気にしていない様子。みるみるうちに会話の輪が広がって、あちこちから笑い声が聞こえてくる。

決して料理が豪華なわけではない。会場も借り物。飲み物は不足気味。しかし、なぜか盛り上がっていた。その理由は、集まったお客様の誰もが、ホステスである私そっちのけで、おおいにおしゃべりを楽しんでくれたからであった。

ようこそワシントン

ワシントンを訪れた人は、この街のことを、なんだかだだっ広くて真面目そうなところだなあと思うかもしれません。大統領の住むアメリカ政治の中心地と考えれば、そういう先入観を持つのは当然ですし、実際、空港に到着してタクシーを拾うと、たいがいの運転手さんは紳士的。街中のタクシーはそうともかぎりませんが、なぜか空港タクシーは、運転も丁寧で、まるでハイヤーに乗っている気分です。

ハイウエイを四十分ほど走るとポトマック川を隔てた向こう側に、まもなく街の景色が見えてきます。高くそびえ立つワシントンモニュメントを真ん中にして、国会議事堂とリンカーン記念堂が一直線上に並び、その間を緑の芝生と官庁関係の建物が埋めている。どの建物も大きく四角く頑丈そう。その碁盤の目のような建物群から少しはずれて北側にホワイトハウスがあり、モニュメントに近い南東のポトマック川沿いに、桜の名所で有名なジェファーソン記念堂があります。近代的な高層ビルはひとつも見あたりません。ワシントン市内には、議事堂より高い建物を建ててはいけないことになっているのです。ついでに大きな広告塔やネオンサインも禁止されています。ああ、だから街全体が整然と横に広く感じられるんだなあと、そこで納得しますでしょ。

私が最初にこの街に来たとき、ここはグレーと白の街だなと思いました。それ以外の色があまりないように見えたのです。きれいと言えばきれいだけれど、ちょっとおもしろみに欠けるかなとも思いました。

さて着いて早々ですが、ホテルに荷物を置いたら街中の散歩に出かけましょうか。ワシントンはなんたって車で移動するのが一番ですが、地下鉄もなかなかわかりやすくて便利ですよ。車輌はきれいだし、危険なことはまったくありません。駅の構内の照明が抑えてあるので、初めはその薄暗さに驚いて、まるで鯨《くじら》のお腹のなかにいるような気分になりますが、慣れるとそれもムードがあっていいものです。

まずはスミソニアン駅で降りましょう。エスカレーターで地上に上がると、ほら、いたいた。ストリートミュージシャン。ワシントンにはいたるところにホームレスやこうした大道芸人がいますが、みんなとても人なつこくて、プライドがあって、ついでにユーモアのセンスを持っています。私なんて一度、ホームレスのおじさんに「君の靴、かわいいね」って言われたので、お金をせびられるんじゃないかと警戒して返事をしなかったら、「Say thank you!」。ありがとうくらい言ったらどうだいって叱られちゃいました。そりゃ、人に声をかけられたら返事をするのが礼儀ですものね。反省反省。

いつも夕方になると、ここにフルートジャズの上手な黒人のおじさんが来るんだけれど、素晴らしく楽しい演奏ですよ。あとでまた覗いてみましょうか。

さあ、この芝生の広場がモールです。幅一〇〇メートルくらいかな。長さは、まっすぐ東側の議事堂から西側のワシントンモニュメントまでずっと続いているんだから、端から端まで歩いたら、三十分近くかかるかもしれません。ここにはリスがたくさんいます。木陰に座っているとそうとう近くまで寄ってきますよ。かわいいんだ、これが。でも餌をやりすぎないようにね。糖尿病になっちゃうから。

このモールの両側に並んでいる建物がみんなスミソニアンの博物館です。自然史博物館、アメリカ歴史博物館、航空宇宙博物館。さあ、興味のあるところを存分に見学してきてください。入場料は無料。出入りは自由。疲れたらここの芝生に戻ってきて、寝そべってコーラを飲んでひと休みもいいですね。そう、ひと休みするなら、国立美術館の一階の噴水広場もお勧めです。目を閉じると、大きな教会のなかで神様に守られて居眠りしているような気持ちになって、とても心がなごみます。

私はこのメリーゴーラウンドの横のベンチで待ってます。そよ風に吹かれながら、メリーゴーラウンドの哀愁に満ちた音楽を聴いていると、なんだか懐かしい気分がしてくるんです。子供に戻ったようなね。

あんまり欲張ってあちこち回りすぎると、くたびれて明日から身体が動かなくなりますよ。スミソニアンは一日なんかではとうてい回り切れません。ゆっくり自分のペースで楽しんでください。おみやげを買うのなら、ミュージアムショップがいいですね。それぞれの博物館が展示物にちなんだ特色のある品物を揃えています。

スミソニアン以外にもワシントンにはお連れしたいところがいっぱいあります。ジョージタウンの運河沿いにあるコーヒーショップ。エスニックムードと匂いの溢れるアダムスモーガン界隈。やきそばと飲茶がこよなくおいしい中華街。小さな個人博物館ですがとても洒落ていて、定期的にミニコンサートも催されるフィリップスコレクション。そして郊外に十分車を走らせれば、そこは完全に森のなかです。一見退屈そうに見えるワシントンも、じっくり観察していくと、必ずお気に入りの場所が見つかるはずです。それは決して派手ではないけれど、心が豊かになるような暖かい思い出の地として残ることを、お約束します。

アメリカン・ボランティア

一九九二年の二月末から丸一年間、アメリカのワシントンD. C. に住んだ。渡米の理由は、それまでやっていたテレビの仕事で時間に追われ、私の頭では到底ついていく自信がなくなったので、ここらでひと息入れようかと思ったからである。そう思いついたのはいいけれど、はてどこでひと息入れたものかと迷っていたところ、たまたまスミソニアン博物館の方にお会いした。

「どこか外国に住んで、今後の人生についてぼーっと考えてみるのもいいでしょうねえ」

茶飲み話程度のつもりで切り出したところ、

「それなら是非、ワシントンにいらっしゃい。スミソニアンのボランティアの資格取得を世話してあげるから。ゆっくり考えるには最適ですよ。私が面倒を見てあげましょう」

ミセス・ドゥーギッドというその女性は、目をくりくりさせながら、真剣に私を誘ってくださる。その気軽さと温かい笑顔に魅了され、すっかりその気になってしまった。

しかしよく考えてみると私は、スミソニアンという組織そのものについてほとんど知識がない。いったいボランティアの肩書きをもらったところで、自分に何ができるのか、まったく想像もつかなかったし、まだ知り合って間もないアメリカ人の親切な申し出を、どこまで本気に受けとめてよいのやら、判断もつきかねた。

ミセス・ドゥーギッドはその時期、日本で催されたスミソニアン協会の小さなセミナーに、講師のひとりとして招かれていた方である。そして私はその司会を仰せつかっていた。

セミナーでは、スミソニアン博物館の学者や学芸員が数人招かれ、彼らはそれぞれの専門に関わる話を、同時通訳付きスライド講義というかたちでわかりやすく紹介してくれた。いずれも興味深い話ばかりだったが、なかでもおもしろかったのは、展示デザイナーの方の話である。彼の仕事は、博物館のなかにモノを展示するにあたり、その展示物がもっとも有効に、もっとも見やすく、そしてもっとも楽しく見られるための工夫とデザインをすることだそうだ。

たとえば展示物がイスラム文化の水差しであった場合、その水差しがいちばん魅力的に見えるガラスケースの配置、光線、背景を吟味し、ときには部屋全体のインテリアから部屋の入口のかたちまでを、その水差しが使われていたイスラム世界の雰囲気にしつらえてしまう。そうすることによって、訪れた見学者の気持ちが少しでもイスラムに近づくように演出する。そういうことだけを専門に考えるデザイナーが、スミソニアンには存在するのである。その発想のユニークさと、そして、一見、真面目そうに見える博物館においても、まずは人を魅了させるための演出が大事だとする融通無碍《むげ》の考え方に、私は強く心打たれた。

「よし、ここに行けば、何かおもしろいことがありそうだ」

学術的見地からモノを学ぶことはできなくても、日本とは違ったスミソニアンの、ひいてはアメリカの発想や価値観を肌身で感じることができれば、それは必ずためになるだろう。そう思ったことが、ワシントン行きを決意したひとつの要因となった。

こうして実際にワシントンで生活を始めてみると、はたして予想以上の収穫があった。なかでも驚いたのは、ボランティアそのものに対する考え方である。今でこそ、日本でもボランティアという言葉が馴染みつつあるが、私がアメリカを訪れた頃は、ボランティアと聞くと、いわゆる滅私奉公的、自分の生活を犠牲にして困っている人々を助けるという、特別のエネルギーと精神性を必要とするかのように認識していた。しかし、アメリカに来てみると、じつに日常的な存在としてボランティアが捉えられているのである。

たとえばスミソニアン博物館の例をとって見てみると、私がワシントンにいた時点でスミソニアン協会に勤める正規のスタッフは約六千人いたが、それとほぼ同数の五千五百人のボランティアスタッフ、つまり給料をもらわず無料働《タダ》きしている人がいた。職種はいろいろで、博物館の受付係から、売店の売り子、あるいはもっと専門職に近い、学芸員に似た仕事を受け持っている人もいる。働く期間もまちまち。何年間も在職する人もいれば、数カ月で通り過ぎていく人もいる。現に私が働いていたスミソニアンの事務系オフィスでは、新しい仕事が始まるまで三カ月ほど暇なので、スミソニアンでお手伝いをしたいと申し出てきた三十代の女性がいた。同じオフィスには、すでにご主人を亡くした七十歳近い婦人が、週に二回ほど通ってきて、若い人に交ざり、熱心に資料の整理をしていた。

「で、サワコは何をしたい？」

ミセス・ドゥーギッドの最初の質問である。

「いや、何をしたいと言われても、専門能力も技術も持っていませんし、おまけに英語力はごらんの情けない有り様で……」

「じゃ、何が好き？」

「そうですねえ。子供が好きかな。あとは……」

「オーケイ。じゃ、あなたに三つの仕事を与えましょう」

こうして私はボランティアスタッフとしての申請書を提出した後、三つの異なった仕事場に通うことになった。ひとつは、スミソニアンに働く職員の子供を預かる保育室。親が仕事に出かけている間の朝八時から夕方四時頃まで四、五歳の幼児の面倒をみるところで、アメリカ歴史博物館の一角にある。二番目の仕事場は、自然史博物館内にある民族学の映像ライブラリー。ここに日本各地を撮影したフィルムがいくつか保管されているので、日本人の私に解説を加えてもらいたいと要請された。じつのところ、この仕事に関しては、悲しいほどに苦労した。何しろそのフィルム、大正時代の初め、関東大震災の前にアメリカの映画チームが日本の各地を回って撮影した無声ドキュメンタリー映画であり、当時の庶民の生活ぶりや日本髪姿の若い娘が生き生きと映っている。そんな珍しい映像があること自体に驚いている私に、「ここに映っているのは何という川か。どういう祭りか」などと聞かれても、ほとんどわからない。おまけに、少しわかったところで、それを英作文して文章に残すのは、容易なことではなかった。というわけで、貴重な映像フィルムを見せていただいたものの、スミソニアンのために私がお役に立ったかというと、それは皆無に近かった。

そして三つ目の仕事場は、ミセス・ドゥーギッドがボスを務める事務系オフィスであった。

前にも触れた通り、ここには私を含めたボランティアスタッフが数人、交代でやってきて、正規スタッフのお手伝いをする。内容は、タイプを打ったり写真の整理をしたり、パンフレットを発送したりと、比較的単純作業が多かったので、英語圏において限りなく無口になる私にとっては、無駄口をたたくチャンスもなく、ひたすら仕事に集中できた。おかげで、「サワコはとても仕事が早い」と褒められたほどだ。

このオフィスは、いわゆるスミソニアン友の会の会員の窓口になっているところで、月々の会員誌とは別に、年に一度、会員向け調査旅行の案内パンフレットを発行している。博物館側が企画を立て、一般の人々にも調査旅行に加わってもらおうというものだ。たとえば、「考古学に興味のある人へ。どこどこ山の発掘調査を何月何日に企画します。旅費は何ドル。定員何名。申し込みは何日まで」といった案内を載せる。行きたい人は申し込めば、誰でも参加できる。ただし旅費は自前。旅行リーダーである博物館側スタッフの指示に従って調査の手伝いをし、そのとき記した調査記録、発掘データなどはすべて博物館用資料として提出するという約束だ。つまり、博物館はシロウトの手を借りて、専門調査を行なう。経費はかからない。一方、参加者は、調査に協力するという名目で、普通の観光旅行では味わえない専門的な旅行を体験できるというものだ。

これもスミソニアンのボランティアシステムの一環と言えるであろう。私も夏に、モンタナ地方に住むネイティブアメリカン、クロウ族の、年に一度のお祭り調査旅行というプログラムに参加し、彼らの実態や文化に触れ、大変に貴重な経験をすることができた。

スミソニアンはその設立の経緯により、入館料をいっさい取らない博物館である。連邦政府からの予算と、あとはひたすら民間からの寄付に頼って存続している。その点においても、ボランティアの存在は単なる形式的なものではなく、博物館維持のための大きな力となっていることがわかる。そして何より、こうしたボランティアをするアメリカ人の多くが、奉仕活動をするという義務的意識以上に、自ら楽しんで仕事にかかわっている。そういう遊びの気持ちが、ボランティアシステムを長く継続させうる何よりの原動力と思われる。

たしかアメリカ歴史博物館だったと記憶しているが、入口前の壁面に彫り込まれた一文がある。

「どんな人間にも、社会に参加する能力がある」

アメリカのボランティア精神の根幹とは、なるほどこういうことなのか。毎日、この前を通り過ぎるたびに、私は勇気づけられるような気がしたものだ。いかに非力であろうとも、どんなに稚拙《ちせつ》だろうともかまわない。自分のできる範囲において、その能力が社会の役に立っているという意識を持つことがまず、大切なのだ。一年間のアメリカ生活を通じて、深く心に刻み込まれたのは、このことであった。

エーゲの落日

アテネのピレウス港に接岸されている白い巨体を間近に見上げ、私の胸は高鳴った。いよいよ乗船である。見送りは茶色い野良犬が一匹。眠そうな目でこちらを一瞥《いちべつ》すると、「これに乗るのかい?」といった顔で首をひねった。

「じゃ、行ってくるからね」

私は犬の頭を軽く撫で、タラップを上る。

「ようこそシーゴデスII世号へ。荷物はあとでキャビンへ運ばせます。さあ、ラウンジでウエルカムシャンパンをお楽しみください」

デッキの上に出迎えてくれたのは、この船のキャプテン、チーフ・パーサーのシルビア、そしてレストラン・マネージャーの面々だ。みんな、白い制服に身を包み、いかにもシーマンらしい。お勧めに従って、さっそくラウンジに足を踏み入れると、シャンパンと同時に、山盛りのキャビアが目に入った。

「ほっほう」

私はすかさずお皿を取り、薄切りパンにたっぷりキャビアをのせ、レモンをしぼる。

「あら、アガワさん、抜け目ない。もう食べてるんですか」

同行編集者のM子嬢が驚いた様子である。

「そりゃもう。こんな贅沢、陸の上ではなかなか味わえないもの。うーん、おいしい」

唸ったとたん、M子嬢とカメラマンのS氏がキャビアのテーブルにすっ飛んでいった。

我々はこれからアテネを出港し、エーゲ海に浮かぶイドラ、サントリーニ、ミコノス、パトモス、ロドスの島々を巡り、最後のロドス島で下船するという五日間の旅程である。

こんなに短い船の旅をするのは私達ぐらいのもので、ほとんどの乗客は最低三週間から一カ月ほどかけて各海各国を回り、クルーズをのんびり楽しんでいるらしい。

実際、船に乗っていると、時間の観念を忘れてしまう。電話はかからず交通渋滞にも巻き込まれず、新聞テレビの情報に翻弄される心配もない。もちろん電話もファックスも通じるし、テレビ画面では毎日、最新ニュースが流れている。しかし、キャビンにこもってテレビを見るくらいなら、デッキで海を眺めている方が、よほどしあわせな気分に浸れる。

だから退屈かといえば、そんなことはない。私も経験してみるまでは、船旅なんてきっと退屈に違いないし、苦手な社交に疲れて三日で飽きるのではないかと心配していた。ところがどっこい、退屈している暇がないのだ。

じつは一昨年《おととし》の春、両親に誘われて生まれて初めて海外クルーズに参加した。今回と船は違うが、コースはほぼ同じ、エーゲ海を巡る旅だった。

「どうだ、無理してでも休みを取って、来た甲斐があっただろ」

父が海を眺めながら満足そうに言った。

「うん！」

私はすっかり小娘の心地である。父も娘の年齢を忘れてしまったのか、「せいぜい楽しめ」と言いながら、仰せに従って私が金髪碧眼《へきがん》の若いクルー達と仲良しになり、船内を飛び回って愛想を振りまいていたら、だんだん機嫌が悪くなり出した。「またあいつは消え失せやがって」と娘捜索を開始するものだから、私はあちこちで、「さっきまた、お父さんが捜してましたよ」と呼び止められる始末である。

そんな父娘の攻防戦をじっと観察している人がいた。ある日、デッキレストランで朝食を取っていると、顔馴染みのレストランクルーが私の横で囁いた。

「いいかい。父と娘の問題は、どこの家庭にもあることだ。まともにぶつかっちゃいけない。時間をかけてゆっくり解決しなさい」

愛嬌《あいきょう》のある顔で私を諭すウエイター氏は、本名マニュエル。我が家族は秘かに〝ポルトガル眼鏡ちゃん〟と呼んでいた。ポルトガル人で、鼈甲《べっこう》縁の眼鏡をかけていたからだ。

そのポルトガル眼鏡ちゃんが、このたび、シーゴデスII世号に転職していたのである。初日の夜、ダイニングルームへ向かうと、見慣れた後ろ姿が目に留まった。

「マニュエルじゃないの！」

振り向いた彼も私に気がついた。

「オー、マンマミーヤ。世界は狭いねえ」

思わぬ再会に私はうれしくなった。この船旅も楽しくなりそうな予感がする。

最初の寄港地であるイドラ島には、翌朝八時に着いた。かつてソフィア・ローレンが主演した映画『島の女』の舞台となった島である。人口はたったの二八〇〇人。そのうち二五〇〇人が、港を囲む地域に集中しているという。沖合いに錨《いかり》を下ろし、そこから島を眺むれば、島に二台しかないという自動車が、海岸線に沿ったメインストリートを走っていた。

我々はこの島在住の絵描きさんを訪ねる約束になっていた。上陸し、目印の時計台の下に行くと、当の絵描きさんだけでなく、ホテルの経営者、女性ジャーナリスト、土産物屋のおじさんなど、島の名士（?）がわんさか集まってきて、あれよあれよと思う間に我々を市長さんの部屋に連れて行こうとする。どうやら日本の雑誌が取材に来たと聞きつけて、大騒ぎになったらしい。

「この島は、ギリシャのなかで最も勇敢な市民の住む島です。ギリシャがトルコから独立するとき、真っ先に立ち上がったのはここの島民なのです！」

市長のスピーチを拝聴し、イドラ名物〈バラの香りの砂糖菓子〉とジュースのもてなしを受け、乾杯をして記念写真をパチリ。歓迎式典が終了すると、絵描きのファトゥーロ氏に案内されながら島内見学。続いてお昼ご飯のご接待。タラモサラダにキュウリサラダ（ニンニクとサワークリームで味付けされていて、とてもおいしい）、イカのからあげ（これもすごくおいしい）などをたらふくいただいて島をあとにした。誇り高くお人好《よ》しで、世話好き陽気なイドラの人々の歓待ぶりは、少々唐突ではあったけれど、心に沁《し》みるほど暖かかった。

赤茶色の瓦《かわら》屋根が特徴的なイドラの風景を見ていると、スペインやポルトガルを想起させられる。「僕はこの島の、あまりギリシャらしくない光と影の変化が好きなんだ」とファトゥーロ氏が言っていた。とすると、白い家が立ち並ぶ典型的なギリシャの島といえば、むしろサントリーニ島やミコノス島が挙げられるだろう。

神々の怒りを表しているような断崖絶壁。はるかに見上げる崖の上に、白い家々が朝日に反射して光る。謎の大陸アトランティスの一部と伝えられているサントリーニ島に着いたのは、アテネ出港三日目の朝だった。入港を見届けようと早起きをしてブリッジに出た。

「グッド・モーニング」

キャプテンが爽《さわ》やかな声で私の眠気を覚ましてくれる。

「私は十一年間、船に乗っているけれど、この島に来ると必ず歩いて上まで登ることにしているんだ。上に着くと、いつもの店でいつもの料理を注文して、コーヒーを飲んで、また歩いて下りる。いい運動になるぞ。君も試してごらん」

「はい、挑戦してきます」

調子良く答えておきながら、延々と続く〈ロバと人の道〉を見上げたら、やはりケーブルカーに乗ることにした。

頂上から眺めるエーゲ海の景色は、まさに筆舌に尽くしがたい美しさである。思わず溜息を漏らし、カフェのバルコニーに座って一日中、この真っ青な海を見つめていたくなる。こんな絶景を臨むことができるのも、もとはといえば火山噴火のおかげである。紀元前一五二〇年に起こった大噴火によって、島の中心部分が陥没し、サントリーニは三日月形に変形した。そのとき島の前面が絶壁となったわけである。崖の反対側に出て、なだらかに続く海岸線を見てみると、なるほど噴火以前のサントリーニはこんな姿だったのかと容易に想像がつく。

この島の古代遺跡の発掘は、今でも多くの考古学者の手によって行なわれている。紀元前二〇〇〇年頃から栄え、噴火によって埋まってしまったミノア文明の町の跡や、噴火以降、この島に移り住んだスパルタ人や古代ローマ人の住居や神殿跡などが数多く残っている。降り注ぐ太陽の光と、海から吹き上げる風に当たりながら、悠久の昔の人々の暮らしに思いを馳《は》せると、あくせく生きる自分の姿が滑稽《こっけい》に思われてくる。

そう反省したところで、キャプテンとの約束を半分守り、波止場まで歩いて下りてみることにした。が、その〈ロバと人の道〉の臭いこと。ジグザグに続く石畳の階段一面に、ロバの糞が堆積しているのだ。なるべく踏まないように気をつけたつもりだが、匂いは鼻の奥に染みついて、今でもサントリーニと聞くと、美しい景色と同時にあの匂いを思い出す。

絶壁のサントリーニと地形的に好対照を成しているのがミコノス島である。山と呼べる高所がひとつも見当たらない。なだらかな丘いっぱいに、まばゆいばかりの白い家々がひしめき合うように建っている。赤、青、緑色に塗られた窓や扉。ブーゲンビリアの鮮やかなピンク。こんなに「かっわいーい！」町なのに、不思議と軽薄な感じはない。ここに住むギリシャ人の素朴な笑顔のせいなのか。一昨年ここを訪れたとき、「是非ともこの島に住んでみたい」と憧れたが、今回再訪して考えが変わった。こんなおとぎの島に馴染んだら、日本で社会復帰ができなくなる。

それにしても毎朝、接岸する島々の、どれひとつをとっても似ているものがないのには驚いた。それぞれの島の成り立ち、歴史、地形、自然、建物が、みごとに異なっているのである。四つ目のパトモス島は、五つの島のなかで最も日本的な雰囲気があるように感じられた。松林があるせいか、まるでのどかな瀬戸内の島を見ているようだ。一方、最後のロドスは、旧市街を取り囲む茶色いレンガの城壁が印象的な島である。その昔、十字軍の拠点として栄えた島だけに、中世ヨーロッパの色が濃く残っている。

こうして島々の文化や歴史に触れて感動しながら、その合間には船上での楽しい生活が待っている。デッキレストランでの朝食から始まって、日中はジャグジー、プール、海が穏やかな日は停泊中に船尾から降りて海水で泳いだり、ジェットスキーやウインドサーフィンを楽しむこともできる。以前からジェットスキーとやらを試してみたかったので、「乗りたい。でも怖い」と言うと、男性客のおひとりが、「じゃあ、僕が乗せてあげよう。さあ、しっかり摑まって」とふたり乗りを申し出てくださった。最初は遠慮がちに後ろから彼のお腹に手を回していたのだが、波の上をジャンプするスキーのあまりの迫力とスピードに驚いて、キャアキャア叫んで気がつくと、彼の背中にひしと抱きついていた。

「いやあ、面白かったあー」

びしょびしょ興奮状態でデッキに上がるや、彼の奥様が「楽しかった？」と聞く、その目がちょっとだけ怖く見えた。

しかしそれを機に、そのご夫婦とはすっかり仲良しになり、夕食後にカジノで一緒にスロットマシーンをやったり、ピアノバーで歌を歌ったり、社交嫌いを自称する私が、毎夜、社交に明け暮れた。

もう一組、仲良くなった乗客がいる。アメリカ人のおばあちゃまふたりで、今回のクルーズでは最年長とお見受けした。いつもテンダーボート（沖に停泊中の船と陸地を結ぶためのシャトルボート）の乗降の際は、今にも海に落ちそうなほどヨロヨロしていらっしゃるので、誰もが思わず手を差し出すのだが、ご本人達は、「大丈夫よ。大丈夫なんだから」と出された手を振り払っておられる。その様子があまりにも愛らしいので、どうしてもお話がしたくなり、ある晩、声をかけてみた。

「こんばんは。お元気ですか」

「まーあ、あなた日本人？」

うかがうところによるとおふたりは大学時代の親友同士で、ご主人が亡くなられたあと、こうしてふたりしてときどきクルーズを楽しんでおられるそうだ。

「あら、あたしは主人が生きている頃は主人と乗ってたから、もうこれで十六回目よ」

「いろんな船に乗ったわね、あたしたち。この船はこぢんまりしててサービスは最高だけれど、エンタテインメントの設備がやや乏《とぼ》しいわね」

さすがにクルーズのベテランらしい鋭いご指摘。これくらい船旅上手になると、私のようにしゃかりきになって島観光や船内歩きなどなさらない。上陸したくなったらするし、したくなければ一日中船にとどまって、デッキチェアーで読書をしたり昼寝をしたり。自由に贅沢に過ごされるのである。

「今度、フロリダに来ることがあったら、是非ウチにいらっしゃい」

「あら、フィラデルフィアに来たときは、ウチに寄ってちょうだいな」

おふたりのおばあちゃまは、紙切れに住所を書いて手渡してくださると、私の手をしっかりと握り、またヨロヨロとキャビンへ戻っていかれた。

ところで航行中、船がどれほど揺れるかと言えば、海の場所や季節にもよるのだろうが、今回は一晩だけ大揺れに揺れて、あとは比較的穏やかな航海だった。揺れた日、ダイニングルームで食事をしていると、大きなお盆に食器をたくさんのせて歩いていた若いウエイターが、大音響とともにひっくり返った。激しい揺れにバランスを崩したらしい。腰をしたたかに打ち、いかにも痛そうだ。それなのに彼はすぐさま立ち上がり、急いで落とした食器の片づけを始めた。まわりのウエイター仲間も、一瞬、彼のほうに目をやっただけで、あとは何事もなかったかのように自分の持ち場に戻る。私はときどき食事をしながら、彼らの働きぶりに見惚《みと》れることがある。揺れる船上で、きびきびとスピーディーに、しかし心から誠意のこもった接客の仕方、自然な笑顔、気の利《き》かせ方。リズム感溢れる彼らの姿を見ているだけで、つい惚れてしまいそうになる。

「ねえ、あの金髪の子、ちょっとシャイでかわいいと思わない？」

私が編集のM子嬢にさりげなく目くばせをすると、

「そうねえ。私はマニュエルがいいです。だって彼、おかしいんだもん」

「だめよ、マニュエルは私の友達なんだから」

「いいじゃないですかあ、私が好きになっても。ケチ」

ケチってこともないだろうが、こんなふうにお気に入りのクルーを値踏みして、毎日かならず一回はお話ししてみようと努力する、なんていうのも、心がウキウキして、船旅の楽しみのひとつになる。

で、話を船酔いに戻すと、私は二日目あたりから多少気分がおかしくなったが、たいしたことはなく、四日目には慣れてしまった。マッサージ室に行ったとき、係のアンジェラに尋ねてみた。

「あなたでも船酔いはするの？」

彼女は私の腕にオイルを塗りながら、

「私はぜんぜんしないわ。でも、キャプテンはときどき船酔いするんですってよ。頭が痛くなるらしいの」

「えっ、十一年間も船に乗ってるのに？」

「長さは関係ないみたい。体質によるらしいわ」

キャプテンが船酔いをするとは。そんなこともあるのかとおかしくなった。

下船前日の夕方は、素晴らしい夕焼けに恵まれた。真っ青な海の向こうの地平線に、大きなオレンジ色の太陽が、静かに厳《おごそ》かに落ちていく。島のひとつひとつがその表情を異にするのと同様、海の顔は、日によって時間によって天候によって、毎回、新たな面を見せてくれる。最初のクルーズのときに知り合ったドイツ人に言われたものだ。

「船旅は、一回経験するとかならず、二回目がやってくるよ」

クルーズの魅力は寄港地や設備だけではない。船を通じて知り合った人間との数日間にわたる交流が、その旅を忘れられないものにする。クルーズがやめられなくなるのは、そんな魔力に取りつかれるからだろう。

「どうかまた、三回目のクルーズのチャンスを、私に与えてくださいますように」

沈みゆくギリシャの太陽に向かい、私は祈った。

シャガールの責任

シャガールという名前を知ったのは、子供の時分のことである。父が夜遅くに帰ってきて、

「シャガールで飲んでいた」と言うたびに、果たしてシャガールとは、どんなところだろうと想像を逞《たくま》しくしたものだ。どうやらバーの名前らしいとわかったのは、しばらくたってのちのことだが、シャガールという、いかにも異国の香りに満ちた言葉の響きから、きっととびきり洒落た場所に違いないと思い込んでいたのを覚えている。

もっともその店はカタカナではなく、ひらがなで「しゃがーる」と書くのだそうで、店のママさんがシャガールが大好きでつけたという。店内にはシャガールの絵がいっぱいに飾られていて、好きが嵩《こう》じたママさんは、とうとうフランスまで行き、本物のシャガールに会ってきたそうだと、後年、母が話してくれた。母がその店をいつ訪れたのかは知らないが、娘の私は結局一度も行ったことがない。行ったことがないからなおさら想像が膨らむ。シャガールと聞くと頭に浮かぶのは、男女が宙に浮いて抱き合っている絵と、同時に、薄暗い部屋に浮かぶ黒塗りの止まり木であった。

シャガールの絵をきちんと意識して見るようになったのは、おそらく大学を卒業してからだったと思う。それがどこの美術館だったかはっきりと記憶にないが、他の外国の画家の絵とともに、シャガールの『誕生日』に出会ったときのことである。それまで私はシャガールとは、月夜や恋人、一角獣のような馬や牛、鋭い目つきをしたニワトリなど、色も形もすべてにおいて幻想の世界を描く画家というイメージを抱いていたが、その『誕生日』から受ける印象は、ちょっと違っていた。

シャガールにしては現実的で、生活感が溢れている。夢のなかを覗いているようなほかの絵とは異なり、シャガール自身の家庭での顔が浮かんでくるような、親しみやすい作品だ。その意外性が新鮮だったのかもしれない。調べてみると、それはシャガールが、長年来のフィアンセであるベラと結婚してまもなくに描かれたものだという。シャガールって人も、ずいぶん自分の感情を素直に絵に表す画家なんだなあ。そう思ったら、とたんにシャガールが、ひとりの人間として身近に感じられるようになった。

ところで私は当時、ありきたりの結婚に憧れていた。憧れるというか、自分の将来には主婦という姿がもっとも似つかわしいと信じていた。普通に恋をして、普通に結婚し、ごく普通の母親になる。亭主の世話をしながら子供を育て、のんきに生活をすることが理想だった。そうはいうものの、生来がわがままで気の強いこの性格では、とうてい他人のために滅私奉公、尽くすだけの人生は務まらないだろう。家事に専念するだけでなく、自分という人間の価値をきちんと認められながら生きていたい。そのためには、できるだけ寛大で広い視野を持ち、妻を大事にしてくれる夫がいい。そんな勝手な理想を描いていた。ちょうどその頃に出会った『誕生日』は、一種、自分の思い描いていた夫婦像を見るような気がしたのである。

台所で料理を作る妻の後ろから、ふいをついて夫が帰ってくる。

「あら、びっくりした。あなた、いつ帰っていらしたの？」

妻が聞くが早いか、夫は後ろ手に隠しておいた花束を妻の前に差し出して、「おめでとう！」と叫び、目を丸くして驚いている妻の唇に軽いキスを贈る。

そんな甘い雰囲気にやっかみを感じないわけではなかったが、素直にうらやましいと思う気持ちは否めなかった。いくら新婚とはいえ、恋人ではなく、すでに日常的な関係となっている夫から花束を贈られるというのは、きっとどんなにかうれしいことだろう。ふいのキスというのもなかなか粋である。さらに、そんな甘いプレゼントをしながら、宙に浮いた足先や、クニャリとねじれた首から、なんともいえぬ夫の照れとユーモアが伝わってくる。

かくして私は、こういうダンナ、すなわち結婚しても妻に花束を贈ってくれるようなダンナというのを、理想の基準のひとつに加えることにした。

「しかし、男にしてみれば、妻に花束を贈るってのは、なかなか難しいものだぜ」

あるとき、知り合いの男性が呟いた。その人は実際に奥様の誕生日にバラの花束を贈ったことがあるとおっしゃる。

「何が難しいんですか？」と尋ねると、まず花屋さんに行って花を選び、包んでもらうところから、苦痛は始まるのだそうだ。「ご進物ですか」と花屋に聞かれ、「いや、まあ身内なんで」「ああ、奥さんに？」と問い返された瞬間、恥ずかしさでカアッと頭に血が上る。それでもなんとか花束を受け取って、今度は満員電車に乗る。花を潰さないよう気をつけるのも大変なら、周りの視線も気にかかる。こいつ、こんな大きな花束を家に持って帰るのかといったせせら笑いが聞こえてくるようだ。冷や汗かきかきようやく家に持ち帰ったとき、照れは最高潮に達しているから、「まあ、どうしたの」と妻に驚かれても素直に「君のために買った」なんて口が裂けても言い出せない。かえって無愛想な態度を示し、「なんだか怪しい」と妻に余計な疑いをかけられて、とうとう夫婦げんかになる始末。こんなつもりじゃなかったと反省しても始まらない。

「だから、二度とやらないよ」

その話を聞いたとき、いや、日本にだってそういうことを照れ半分でもやってくれる男性はいるに違いないと思ったのが間違いの始まりだった。

私がいまだに結婚できないのは、シャガールにも責任がある。

(私の責任)

この本をまとめるにあたり、前文の「シャガールの責任」を読み直しているうちに、ふと懐かしくなって、以前、観に行ったシャガール展のカタログを開いてみた。

そうそう、たしかに私はこの『誕生日』という作品が好きだった。花束を握り、目を見開いているベラ。その後ろから、彼女にキスをしようと両足を宙に浮かせて迫るシャガール。そして背景となっているテーブルや、ベッド、窓からの景色、壁の飾りもの。それらの小物からも彼らの日常生活がうかがわれる。

恋する二人にとって、こういう場面はごくあたりまえのことだったかもしれない。しかし恋する二人だからこそ、何気ない行為が記憶に深く留められるのだろう。

そんなことを思いながら、絵の横に書き添えられた解説を読み、ギョッとした。

解説文にはこう書かれていたのである。

〈画面中央には一組の男女が描かれているが、男の体は宙に浮き、その首をねじ曲げて花束を持つ女と口づけを交わしている。この不思議な光景は、シャガールの妻ベラが後に綴った思い出『出会い』のなかに詳しく記されている。それによれば、これは一九一五年の七月七日、シャガールの二十八歳の誕生日にベラが彼の部屋を訪ねた時の様子を絵画化したものである（二人はこの約二週間後の七月二十五日に結婚している）。この日の朝、ベラは野原で花をつみ、ハンカチやベッドカバーをはがして、さらにお菓子や揚げた魚など、シャガールへのプレゼントを抱えきれない程持って、恋人の部屋を訪ねた。「すばやくわたしは布を広げて壁にぶらさげ、一枚をテーブルの上にかけ、ベッドカバーをあなたのベッドに広げる。（中略）急にわたしは地上高く持ち上げられたような気がする。あなたは片方の脚で床をけって伸び上がる。まるでこの小さな部屋が狭くなりすぎたというように。あなたはひらりと舞い上がり、天井のほうへ飛んでいく。首をねじまげ、わたしにもそうさせて、わたしの耳にぴったり寄り添い、なにごとかささやきかける」（『出会い』八五ページ）。

——一九八九年「シャガール展」カタログより引用〉

つまりこの絵は、ベラとシャガールの新婚風景ではなかったのである。

ギョッ。

いったい私は何を勘違いして、「シャガールの責任」の文中に、「調べてみると、それはシャガールが、長年来のフィアンセであるベラと結婚してまもなくに描かれたものだという」などといい加減なことを書いたのだろう。

たしかに私は、このカタログと同一のものではなかったかもしれないが、シャガールに関するいくつかの画集に目を通した記憶がある。ところが、そこに書かれていた文章を、私はほとんど真面目に読まなかったとしか思えない。

威張っている場合ではないですね。ごめんなさいませ。

しかし、あえて弁明をお許しいただけるのならば、この『誕生日』という絵を初めて観たとき、私は完璧に、新婚夫婦の誕生日の光景だと思い込んだ。それも、妻の誕生日に夫が花束を贈った瞬間だと信じたのである。いや、もしかすると、そんな場面に憧れて、そう思い込みたい願望が強すぎたがために、無意識に事実を黙視したのかもしれない。

読んでいただいた読者の皆様に混乱をもたらしたことについては、心から申し訳なく思いつつ、しかしながら、どれほど私が「『結婚したから餌はやらない』なんて考えはつまらない。夫が妻に花を贈ったっていいじゃないのよ」と思い、もしも私が結婚できたとしたら(最近は、誰もまともに取り合ってくれない話題だが)、そんな亭主を理想としているということを理解していただきたく、あえて訂正しないまま、掲載させていただくことにした。

それにしても一枚の絵の力は偉大である。描いた作者の意図とは裏腹に、観る側の気持ちは無限大に膨らむ可能性を秘めている。

そんなわけで、私がいまだに結婚できないのは、シャガールの責任ではなかった。勝手な空想をした私の責任なのである。

ミジンコ師匠の愛の深さ

坂田明さんのウチからコップ一杯のミジンコをいただいて帰ったのは、だいぶ前のことである。摩訶不思議な生物をペットにしておられるとの噂を聞き、いったい何がおもしろいのかを確かめようと、テレビカメラを率いて取材にうかがうと、坂田さんはまず、庭先の桶の水をすくい、「ほーら、いるいる。おお、子持ちがたくさん、おるわい、おるわい」と得意そうにコップを持ち上げた。そして、「ほら、見てごらん、いるでしょう」とコップを差し出すが、私には、水のなかで浮遊するキラキラ光るもののうち、どれがゴミでどれがチリでどれがミジンコなのか、さっぱり区別がつかない。

つかないながらも、坂田さんが話してくださるミジンコの話はたいそうロマンチックで、また居間のこたつ机の上で、中学生用顕微鏡を使って見せていただいた「拡大オカメミジンコ」の愛嬌に満ちた顔に、一目で惚れてしまった。坂田さんという方は、いつもニマッと安

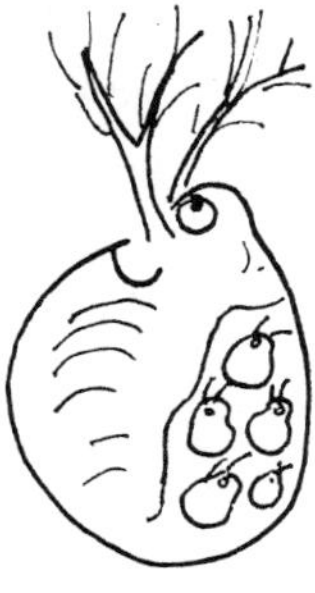

定よく笑って立っておられるが、あの小さな目で、鋭く人を見分ける力を持っていらっしゃる。誰がミジンコに惚れ、誰が惚れないか、すぐにわかるらしい。

「じゃ、アンタ、これ持って帰って、しばらく観察してなさい。ガッハッハ」

それだけ言われてミジンコゴップを手渡されたのが、私とミジンコとの同棲生活の始まりとなったのである。

あの頃から思えば、我が師匠のミジンコのめり込み具合も一段と進んだかに見える。とくに感動したのは、とうとう師匠が「異性生殖」の現場をつかんだことだ。あんな貴重な映像を残すことのできるのは、師匠しかいない。

師匠自らがおっしゃる通り、どんなにかわいがったところで、ミジンコにこちらの愛は通じないのだが、たとえ愛が報われなかろうと、自分からの愛は貫く。しばらくミジンコのことを忘れていた私は、そんな師匠、坂田明さんの愛の深さを改めて思い知らされた気がする。

明治村で見た白昼夢

爽やかな秋風に誘われて、初めて明治村を訪ねた。本物の明治時代が目の前に現れたような気がしてうれしくなり、村じゅうを歩き回った。懐かしい祖父の家に似た夏目漱石・森鷗外邸は、明治を代表するふたりの文豪が時間を違《たが》えて住んでいたという。ここでしばらく休憩しようと思い、畳の上に腰をおろすと、いい心地になり、とろとろ眠くなってきた。

「ニャーニャー」

赤とんぼがときどき前を横切っていくだけの、のどかな夏目漱石・森鷗外邸。部屋の隅に置かれた猫の人形が、観光客の訪問を歓迎するかのように、テープの声で繰り返し鳴いている。

「ニャーニャー」

ミルクのみ人形のような甘ったるい声を出して、こうして一日じゅう鳴くのがこの猫の仕事なのかしら。ご苦労なことである。

「お前も大変だね」

私は人形猫を引き寄せて、頭をそっと撫でてやった。

「いやいや、それほどでもないさ」

突然、猫が言葉を発した。いや、発したように聞こえたが、思い違いだろうか。そっと猫の顔を覗き込む。

「今……、なんか……言った？」

「言ったとも。いけなかったかな」

やっぱりしゃべっているのは猫である。

「いや、いけなくはありませんが、しゃべれるんですか」

私が驚いて見つめると、猫は平然とした様子で、

「あたりまえだ。吾輩は猫である。ご主人の生きていらした時代から、吾輩はしゃべれるのである。が、しかしまあ、ご主人の前では、あまりしゃべらなかったなあ。何せ原稿執筆のお邪魔をしてはいかんからな」

「じゃ、あなたは、あの小説に出てくる夏目漱石さんの猫ってわけ？」

「そうじゃ。同じことを何度も言わすな。吾輩は猫である。名前はまだない。二弦琴のお師匠さんところの三毛子は、吾輩を『先生』と呼んでくれるが、近所の人間は『野良』と呼びおった」

「ハッハッハ」

「何がおかしい」

猫は不機嫌な顔をして、笑い転げる私を睨んだ。

「失礼失礼。だって、小説と同じ台詞を言うんですもの。本当だったのかと思ったら、おか

しくなって……」

「まあ、あの小説に出てくる話が全部、事実とは言い難い。何しろ小説であるから、作られている部分が多いのは当然じゃ。しかし、吾輩に関する描写は少々誇張が多すぎて、文学的情緒というものを欠いておったな」

「ほほう、たとえばどこらへん？」

「ほれ、吾輩が餅を食べて踊り回ったという場面があっただろう」

「ああ、ご主人が残したお雑煮にかぶりついたら、お餅が口から離れなくなってもがいたってとこね」

「そうじゃ。餅が歯にひっかかってもがいたのは確かだが、小説に書いてあるほど、ぶざまではなかった。もうちょっと優雅に、なんというかその、美しくもがいたのであって、あんなひとに笑われるような醜態を演じた覚えは、断じてない！」

「まあね、あなたの気持ちはよくわかりますよ。小説家の家族って、辛いものよ。勝手なこと書かれるものね。そのくせ自分のことはまともに書いたりして、ずるいよね」

「そうそう。ご主人もそういう傾向があったな。自伝小説のなかで自分のことを、神経質な変人と書いてはいるが、いやはや、そんな生やさしいものではなかったぞ」

「へえ、じゃ、どんな人だったの。夏目漱石さんって」

「そりゃまあ、相当に変わっておった。この書斎机だって、なぜこんなに大きいかわかるかい。これは近所の建具屋に特別に注文して作らせたものなんだ。ご主人はここで仕事をして、眠くなったらこの上に寝られるようにと考えたんだな」

「ははあ、じゃ、机兼寝台ってわけ？」

「そうさね。吾輩は一度、ご主人がこの机の上で昼寝をして寝返りを打った拍子に、縁側へ転げ落ちたのを目撃したことがある。あのときは笑ったよ。吾輩の餅踊りよりずっとぶざまじゃった」

「おもしろい人ねえ。一度会ってみたかったなあ」

「たしかにおもしろい人だった。ご主人が死んでから、世の中退屈になりおった」

猫は目を細め、昔を懐かしんでいるようにじっと遠くを見つめた。それからおもむろに大きく伸びをすると、

「どうじゃ、少し吾輩と一緒に散歩でもせんかな」

そう言うが早いか、とても人形とは思えない身軽さでぴょんと庭先に飛び降りて、さっさと歩き出した。

私は急いで猫のあとを追った。猫は庭を横断し、竹垣の崩れた穴から斜面に沿った小道に出た。曲がりくねった道を上っていくと、白い立派な木造の洋館が見えてきた。

「わあ、ステキな家ねえ。誰のお屋敷なの？」

屋敷の正面階段を素早く上ると、猫がこちらを振り返り、

「ここは西郷隆盛さんの実弟、従道《つぐみち》さんが建てた迎賓用の西洋館じゃ。フランス人建築家レスカスの作品だから、どことなくフランスらしい繊細なデザインだな。ほれ、あの大きく弧を描いたバルコニーはなかなか洒落てるだろう。女性に人気のスポットだぞ。そこに立ってみなさい。記念写真を撮ってやろう。ほれ、こっち向いて。はい、ニャー」

猫はいつのまにか手に小さなカメラを持ち、私を撮ってくれた。チーズではなく、『ニャー』で笑顔を作ったのは初めてだ。

「じゃ、家のなかを見学しよう」

猫のあとを追い、階段を上がると、二階の部屋もそれぞれに味わいがあった。タイル張りの暖炉。立派な応接セットなど、まるで外国へ来たようだ。

「明治の人ってお洒落なお屋敷を作ったのねえ。いいなあ。こんな家に住んでみたい」

「そうかねえ。吾輩は日本家屋のほうが落ち着くがね。こういう洋館というのはどうも、ハイカラすぎて気恥ずかしい」

猫はすたすたと階段を下りていってしまった。

西郷邸をあとにすると、私たちはまだ青い色のイガをつけた栗の木の下を抜けてレンガ通

りへ出た。

「突き当たりが東山梨郡役所。その手前の右側の建物は中居酒造だ。今年の春からあそこで日本酒が飲めるようになったんじゃ。なんでも京都のご本家から取り寄せているおいしいお酒だそうじゃが、あんた、飲んでみたいかい?」

「うんうん、飲んでみたいです」

すかさず返事をする。おいしいお酒と聞いては、無視して通り過ぎるわけにはいかない。

猫はフフンと笑い、

「じゃ、行っておいで。吾輩は隣りの札幌電話交換局で待っておる」

「えっ、飲まないんですか?」

「吾輩は花より団子、酒より魚が好きな口でね。ひっひっひ」

変な猫。動物は飼い主に似るというが、夏目漱石という人も、あんな感じの変わった人物だったのだろうか。

さっぱりした口当たりのお酒を堪能し、隣りの建物に行くと、猫は昔懐かしいハンドル付きの電話機の下でうずくまっていた。

「わあ、懐かしい。私の家にも小さい頃、こんな電話があったなあ」

「おいおい、あんた、見た目よりけっこう歳取ってるんじゃねえ。今の若者は誰も知らんぞ」

今度は私の方がむっとして、猫を睨む。

「悪かったわねえ。知ってるんだからしょうがないでしょ。このハンドル回して交換台を呼び出すのよね。これが時間がかかるんだなあ。待ってるだけでくたびれちゃう」

「そう。それが今では携帯電話とやらの時代だそうじゃないか。技術の進歩はすさまじい。吾輩にはとてもついていけん」

と突然、目の前に、ものすごく立派な髭《ひげ》をたくわえたお巡りさんが現れた。付け髭ではなく、どうやら本物らしい。

「おお、夏目邸の猫殿。お散歩ですか」

髭の巡査は直立不動の姿勢で猫に敬礼すると、隣りにいた私にも会釈をした。

「ほほう。デート中とは、いや失敬しました」

「何、デートってほどのことでもないですけどね。この女性は東京から来た見学者で、名前は、ええと……」

「阿川と申します。初めまして」

私も敬礼して、自己紹介をした。

「うちのご主人はね。何度も泥棒に入られて、巡査には大変お世話になったんじゃや。だから普段は偏屈で人づき合いが苦手だったくせに、巡査にだけは妙に丁寧だったな」

猫が私の耳元で囁いて笑った。そこへ、

「あっ、チンチン電車だ」

見学客をいっぱいに乗せた電車が、まさにチンチンと音を立てながら、にぎやかに走って来た。

「あれは、日本で最初に走った京都のチンチン電車じゃ。他にも日本最古の蒸気機関車や、最新の電気自動車が村のなかを走っているんだぞ」

「へえ、ただ展示してあるってだけじゃなく、乗ることができるっていうのは楽しいなあ」

私がチンチン電車に見惚れている間に、猫は巡査に道を聞いている。

「ああ、わかりました。ありがとうございました」

巡査にお礼を言い、猫が歩き出した。

「今度はどこへ行くんですか」

尋ねると、猫はにやりと笑い、しっぽを巻いてから、

「どうですかな。ここらでちょいと、お茶でも飲みませんか」

線路を越え、野を越え山越え、かなりの道のりを歩いたが、ちっとも疲れなかった。大きな門を抜けると、池の向こう側にモダンな建物が現れた。

「ほれ、あれが帝国ホテルじゃ。さっきのハンドル付き電話機よりもずっと最近まで東京に建っておったのだから、覚えているだろう」

たしかに昭和三十七年まで、帝国ホテルはこの建物だったと聞いてはいたが、あまり記憶にはない。

「なんじゃ、覚えておらんのか。これが初代の帝国ホテル。アメリカ人建築家ライトが、大《お》谷《や》石《いし》とレンガで日本のイメージをデザインして造ったんだなあ。当時は非常に斬新な印象だった」

「ふうん。今見ても、斬新だものね。みんなびっくりしたでしょうね。ところで猫さん、お酒は飲まないけど、お茶は好きなの？」

「もちろんじゃ」

猫は得意げに、ホテル入口の横の棚から長靴を取り出してはき、続いて上着を着た。

「どうしたんですか、その格好。まるで長靴をはいた猫になったみたいよ」

「ホテルでは一応、きちんとした格好をするのが礼儀だからな」

こうして我々は、ホテルの人に丁寧に迎えられ、中二階の喫茶室に入った。猫はいちごのショートケーキとミルクティー、私はチーズケーキとコーヒーを注文した。長靴をはいた猫は、ちゃんとフォークを使い、カップも紳士らしく品良く握った。

「あっ、いけない。もうこんな時間だ。あたし、帰らなきゃ」

私は時計を見て慌てた。

「おお、そうか。それは残念だな。まだ案内するところがいっぱいあるのにな。半田東湯という銭湯もあるし、呉服屋という芝居小屋もおもしろいぞ。かつて花菱アチャコやミヤコ蝶々、藤山寛美などが実際に舞台に立ったところだ。あっそうだ。宇治山田郵便局だけ、帰りに寄っていこう。明治のポストは赤くない。黒いんだぞ。もちろん今でも実際に使われておるんじゃ。ひとつ、友達に葉書を書いて出してみなさい」

「明治から平成への便りってわけね。それは洒落てるわ。ハハハハ」

「ニャハハハ」

猫の笑い声が遠くで響いている。それはだんだん大きくなり、ニャーニャーという声に変わっていった。

「ニャーニャー」

気がついたら、私は夏目漱石邸の書斎にいた。猫は部屋の隅にうずくまったまま、相変わらずテープの声で鳴いている。夢だったのだろうか。ふらふら立ち上がると、膝の上からひらりと一枚の写真が落ちた。西郷邸のバルコニーに立った私が、奇妙な笑顔を向けている。

「やだ、まさか」

私は猫のそばに行き、「ねえ、夢じゃないですよね」そっと尋ねたが、そのときちょうど他の見学客が入って来た。猫は答えず、淡々と鳴き続けている。あきらめて靴を履き、帰る支度をした。が、玄関でもう一度振り返り、猫に向かって言った。

「まあ、いいや。でもありがとう。また来ますからね」

すると、単調なはずの鳴き声が、ほんの一瞬、かすかに「ニャハハ」と笑ったように聞こえた。

「やっぱり夢じゃない」

私は不可思議な、しかしどこか満ち足りた気分に包まれて、夏目邸をあとにした。

都心の裏庭

季節が変わるたびに、その季節の花木を見たくなる。

ことのほか春は忙しいが、梅、桃、桜、アメリカはなみずき、水仙、ポピー。柳の新芽も美しいし、銀杏《いちょう》の赤ちゃん葉っぱを見るのも楽しい。また木々の緑が濃くなり、うっとうしいほどの青臭い匂いがあたりに立ちこめる夏も好きである。秋の落葉、冬の枯れた景色。四季のはっきりしている日本に生まれてよかったと思うのは、いつも季節の変わり目である。

そんな自然の移り変わりをじっくり見たいと思ったとき、すぐにしかも手頃に見られるところを焦って探すことになる。今年の桜はどこで見よう。はなみずきの名所といえば、あそこがいいかしら。手近に森林浴のできるのはどこあたりだろう。紅葉狩りはどこそこがいいと聞いたけど、どこだっけ。短い花の命と自分の生活のスケジュールを照らし合わせつつ、なんとかタイミングをずらさないようにと思うのだが、思い通りに季節の旬を掴むのはなかなかむつかしい。

子供の頃、新宿御苑の真裏に住んでいた。御苑の塀沿いに建てられた七階建てアパートの七階に引っ越したとき、こりゃ贅沢だと、子供心にも感激したのを覚えている。アパートの表側は交通量の多い道路に面して騒々しかったが、裏側は一転して静かな深い緑の海だった。玄関サイドのテラスから眺めると、ちょうど新宿御苑の森を見下ろすかっこうになる。その景色は、ときどき学校の野外授業や遠足で訪れたときの、芝生の広い新宿御苑という印象とはまったく異なった趣を呈していた。

私が裏庭のように思っている（といってもアパートとの間に頑丈な石の塀があるのだからなかには入れない）森は、新宿御苑全体から見れば、端の端である。そんな端にまで、ときどき人の来る気配がする。ポキンと小枝を踏み折る音がして、「あ、誰か来た」とわかる。今日はどんなお客さんかと知りたくて、そっと上から覗いてみると、ときにそれは若いカップルだったりする。ふたりしっかり手をつなぎ、幸せそうな様子（よく見えないがそんな感じ）で塀の間近までそぞろ歩いてくる。ははん、さてはデートだな。こんな奥までやってきて、キスでもするつもりかしら。そうわかったとたんにどきどきし、当時はまだうぶであったから、それ以上覗いてはいけないと自らを諌《いさ》めて家のなかに引っ込んだものだったが、この経験は、のちのち恋愛というものについて考えるとき、潜在意識の大事な要素のひとつになったことは間違いない。

それはさておき、私はさながら森の番人気取りであった。ふだんはカラスやヒヨドリの絶好の遊び場となっているこの森が、季節によっていろいろな表情を見せてくれることに感謝した。ことに雪が降ったときの景色は、これが都心かと見紛《みまが》うほどの美しさだったのを思い出す。

また理科の時間に「植物は昼間、酸素を吐き出し、夜は二酸化炭素を吐き出す」と教えられ、もしかして夜はあまり呼吸してはいけないのではないかと思い、玄関側のテラスを夜間に歩くとき、息を止めてみた覚えもある。

こうして丸五年間、新宿御苑の裏に住みながら、そのなかへ入ったのは、ほんの数えるほどだった。その理由のひとつは、これだけ近いにもかかわらず、入園口が歩いて二十分ほどのところにあったせいもある。実際アパートの隣りには立派な門があったが、それは特別な日にしか開かない臨時の門だった。どうしてこの門はいつも閉まっているのだろう。ここが開いてさえいれば、毎日遊びに入ることができるのに。そんな不満を漏らしながら、大きな木戸をそっと押してみたことは何度もある。もしかして今日は開いているのではないかと期待したのだ。

いずれにしても入園料を払わずに、これだけ御苑の恩恵にあずかっていたわけで、申し訳ないような気もするが、かくして私の新宿御苑に対する思い出は、塀越しの端っこに集中している。

　それ以来、森の塀に郷愁を覚えたわけでもあるまいが、考えてみれば十年ほど前、親元を離れて初めてひとり暮らしを始めたアパートも、窓から森の塀が見えるところに建っていた。今度は新宿御苑ではなく、目黒の自然教育園の森である。

　越してまもなく、朝、うぐいすの声に目が覚めたときは感動した。

「ねえ、ウチのアパート、うぐいすの声が聞こえるのよ」

　うれしくなってあちこちで吹聴すると、「あら、ウチだって聞こえるわ」

　都心に住む友人が口々に言うのでがっかりした。しかしそれでもなお、自分は裏庭に大きな森を抱えているような気がして、ひそかに自慢に思っていた。

　その裏庭の先には美術館もあった。都立の庭園美術館である。アパートから歩いて五分という距離だったので、散歩がてらちょくちょく通ったものである。定期的に変わる展示物もよかったし、建物そのものが、かつて迎賓館だっただけあって洒落ていて素晴らしかったが、その横に、その名の通り、こぢんまりした庭園がついているのが魅力だった。

　とくに凝った庭ではない。芝生が広がり、そのまわりに樹々が植わっていて、ところどころにベンチがある。ただそれだけの庭園だったが、美しい絵画鑑賞をしたあとに、しばらくくつろぐには絶好の空間だった。

その後、何度か引っ越しを繰り返し、アパートのレベルは少しずつ上がっていったが、あれほど贅沢な裏庭を持っていたことはない。

都心で自分自身の庭を持つことがむつかしくなるにつれ、庭園を含む公園のありがたみを切実に感じる歳になってきた。といってそれらが特別な日の訪問先ではなく、毎日の生活に密接に関わったものであってほしい。いつでも誰でも入ることが、いや通り抜けることのできるような、そしてその都度、四季の移り変わりを感じられる大きな庭園や公園が都心の真ん中にあったなら、どんなに豊かな気持ちになるだろうかと思うのである。

強い女

かつて私は「強い女」という言葉にあまり良いイメージを持っていなかった。女性の評価として「強い」と言われた場合、それはいわゆるきつい女、気の強い、ヒステリックでかわいげのない女、優しさに欠け、人を蹴落としても自分の身を守ろうとする嫉妬深い女が目に浮かぶ。人からそんなふうに思われたら、さぞいやな気分になるだろうと信じていた。

ところがあるとき、私に好意を寄せてくれた男性（たまにはそういうこともある）が言う

ことには、

「僕はどうも、強い女に惹かれる傾向がある」

そう告白されたときの私の感想といえば、まず、この男性は、私のことを気の強い、かわいげのない女と理解しているんだな、そして、そういうタイプの女性を好むこの男性は、よほどの変わり者であるうえに、きっと自分自身が気が弱いので人に頼りたい、マザコンタイプに違いない、と思ったのである。

しかし、彼の本意はそうではなかった。彼にとって「強い女」とは、自分をしっかり認識し、自立心と向上心を持ち合わせ、人生に前向きな女性という意味だったらしい。

そうと知ったのは、だいぶ後のことであり、その頃には彼のほうが、当初、期待したほど私が、「強く」ないことに気づいたようだ。

そしてふたりはおたがいの解釈のズレゆえに、お別れする運命となったのではあるが、この経験のおかげで、私は、「強い女」というものへの認識が変わった。

「強い女」は決して暴力的でもヒステリックでも嫉妬深くもない。むしろ、おおらかで寛容な精神の持ち主でなくてはならない。

とかく女性というものは、自分と共通の悩みを持っていたり、趣味や関心事が似ていると、その点をよりどころにして、親しい人間関係を作りたがる。そして反対に、友人が自分と異なる価値観を持っているとわかるや、きわめて批判的になり、「そういうことをすべきじゃないわ」とか「あなたらしくない」などと断定的に諭し、なるべく自分の世界に引き戻そうとする。どの女性もがそうだとは言わないが、どちらかというと、男性よりも女性のほうが、そういう行動に走りやすい特質があるように思われる。

ある意味でそれは、女性のやさしさの表れかもしれない。しかし、異種の考えや生き方に対して寛容かというと、どうもそうではないようだ。

寛容とは、どんなに自分と趣味や性格、信条、ライフスタイルが違っても、その人の考え方を尊重し、それを認めることだろう。たまたま自分が別の方法でうまくいっているからといって、それが正義だ絶対だと、他人に押しつけない。そういう、一歩身をひいて、物事を冷静かつ客観的に、暖かく見守るにはエネルギーがいる。自分を押しつけずに我慢するのだから、そこに「強さ」を要するのである。そういう本当の「強さ」、「寛容さ」を持っている人は、きっと自分自身の生き方に自信があるに違いない。余裕を持っているからこそ、他人におおらかになれるのかもしれない。

歳を重ねるごとに、そんな女性になれたらいいだろうと、長年、頭のなかでは憧れ続けているけれど、これが現実問題となると、なかなか難しい。時間や仕事に余裕があるときは、多少なりとも人に寛容な態度を取れることもあるが、いったん自分が追いつめられたり、物事がうまく回転しなくなると、たちまち余裕は消え失せる。冗談じゃない、他人のことなどかまっていられますかとばかり、パニックに陥って泣きわめく。さもなければ、自分の価値判断しか眼中になく、それを理解してくれない他人を責め、「なんでわからないのかしら」と不満を述べたてる。そしてしばらくしてほとぼりが冷めてみると、自分がいかに「弱い女」であるかということを思い知らされるのである。

対談やインタビューの仕事を通してたくさんの人々にお会いすると、そのたびに教えられることが増えていく。いつもお会いするときは、前もってその方に関する資料を読んでから出向くのだが、実際にお目にかかって話をうかがってみると、資料で得た知識や世間の評判とは、必ずしも一致しないことが多い。世の中では、こんなふうに叩かれているから、きっとこんな人だろうと先入観を持ってお会いしてみると、まったく予想を裏切られることがしばしばだ。マスコミやメディアや他人というものは、とかく大勢の意見に迎合し、そのときどきの流行や風潮に流されやすいけれど、言われている本人の気持ちを忘れがちである。そんな逆境に立たされてもなお、本来の自分自身を見失わない人は、本当に強い人間だと思う。男女に限らずそういう人は、時代が変わって、いつか自分が過剰にもてはやされる場面に立たされても、ちっとも変わることがないだろう。

雨ニモ負ケズ、風ニモ負ケズ。そんな「強くて優しい人間」に、私もなりたいと思うけれど、道のりはまだ、険しい。

文庫版あとがき

１９９６年の秋に東京書籍より出版された『おいしいおしゃべり』を、このたび幻冬舎から文庫として出していただけることになった。装いも新たに、敬愛する和田誠さんのブタちゃん（当然ながら、この場合の「敬愛」は和田さんにかかる）と、大いなる予言者、北杜夫さんの畏れ多い解説とともにお出ましである。

これを期して、あとがきを書けとの幻冬舎元気はつらつ編集者、工藤早春嬢の仰せであるが、私はひたすら、「読んでいただいて、ほんとにどうもすみません」と、三平師匠のような気持ちで胸がいっぱい、何も言葉が思い浮かばない。

よって私は考えた。本書がお口にあったかどうかは定かでないにしろ、とにかく最後まで召し上がっていただいた皆様への感謝の念を込め、食後のデザートはいかがでしょう。

もっともここ十数年、一途に膨張し続ける下腹肉のせいもあり、食後のデザートは控える傾向にあるので、甘いものに関して、さほど熱心ではなくなっている。それでもたまに、「身体が甘いものを欲している」と感じるとき、作るのが以下の白玉団子。

材料：白玉粉、ゆであずきの缶詰。

1. ボールに白玉粉を適量入れ、上から水をチョロチョロ加えてよく混ぜる。量はどれぐらいかと聞かれても、わからない。結果的に、水と粉を練り上げたときのかたさが、指にべったりくっつくほどネチャネチャしすぎず、さりとてパラパラ分離しない程度。いわゆる「赤ちゃんの耳たぶ」のような柔らかくておだやかな感触になるまでと申し上げておこう。柔らかすぎたら、粉を足せばよい。かたすぎれば、水を足せばよい。何事も、失敗は挽回できることを、そのとき学ぶ。

2. 充分にこねたら、飴玉ぐらいの大きさに丸め、真ん中を押し込んでオヘソを作る。それを一つずつ、沸騰したお湯のなかに落とす。一度とお湯のなかに沈み、まもなく浮いてきたら出来上がり。練った粉がなくなるまで、延々と団子作りに熱中するうち、その単純作業に異様なる喜びを感じて、いつのまにか世俗の疲れが癒されることでありましょう。

3. 冷蔵庫で冷やしておいた缶詰のゆであずきをガラスの鉢に盛り、その上に、出来立ての白玉団子をポトンポトンとのせる。

冷たいあずきとアツアツ白玉団子が口の中で転がって、なんとなくほんわかした気分になる。お読後のボンヤリひとときの友として、試してみてくださいませ。

二〇〇〇年初夏　　阿川佐和子

解説――佐和子さんの一本の芯

北杜夫

いろいろな人のエッセイを読む愉しみは、自分の知らぬ世界、異なった体験を知ることもあるけれど、自分と似た経験をその人がしていて、しかも自分とは微妙なズレを感ずる場合も多い。そのたびに自己を再体験し、またその著者の人柄について再認識する。

本書の「キュウリ胡椒《こしょう》」という子供の頃の夏休みの話は、誰でもが懐しさと苦笑の中に自分の過去の夏休みを思いだすだろう。「七月の半ば過ぎ、『今日から夏休みだ！』という日は、山のような宿題を抱えていても、まだ余裕しゃくしゃく。少なくとも七月いっぱいは思う存分、遊ぼうじゃないの。そんな気分で構えている。」

私自身の体験では、初めはうきうきしていた夏休みの後半になって、宿題帳を少しもやらなかったことに気づき、半ベソになりながら朝から始めて何日かで仕あげる。ところがそれは日記調になっていて、毎日の天候を記入しなければならぬのだ。夏休みじゅうの天気を覚えていることは不可能である。つい嘘っ八の「晴」や「雨」を記入するが、先生は全能で何もかも見とおしているように思われて、学校で宿題帳を呈出するとき私の手はふるえるのであった。

ところが阿川佐和子さんの場合はこんな具合だ。

「かすかに不安を抱き始めるのは八月に入ってからのことだ。そろそろ計画的に勉強を始めようと、レポート用紙を広げ、まずは日程表の作成に取りかかる。……となれば、一日二ページのペースでやれば……なんて調子で綿密な計画を立て、壁に貼り出す。」

しかしこの綿密さは何にもならない。「計画表を作った段階で、すっかり勉強をしたような気になるのである。」そして次第に予定が守れなくなり、遅れた分を挽回しようと躍起になるが、うまくいかない。「よし、ここは思い切って計画そのものを再検討する必要がありそうだ。こうして私はふたたびレポート用紙を広げ、定規を置いてきれいな升目《ますめ》を作り、色鉛筆で科目別に色分けし、『一日一〇ページ。絶対!』などと書き込んでいく。」家族の者は彼女のことを「企画庁長官」と呼んだ。

綿密に企画を立て、定規と色鉛筆で升目を作っても結局は無駄になる。ここに佐和子さんの天然自然のユーモア、独特の個性がにじんでいるのである。

テレビや写真だけで阿川佐和子さんを知っている方は、彼女をしとやかで純でさわやかな女性と思っていることが多い。それは多分当っていることだろう。だが、反面、勝気でひょっとすると短気な性格も含まれているかもしれない。それがまた彼女の得がたい個性なのだ。

小学生の頃、軽井沢の貸別荘で過ごすと、早朝からひとりで起出し、散歩に出かける。それがなんと二時間ものさ迷いなのだ。また母親から、「糸の切れた凧《たこ》みたい」と叱られたこともあるそうだ。

エッセイから離れて、わずかばかりの彼女に関する私の記憶を記しておこう。そのとき佐和子さんは幼稚園か小学校一年の頃、父上の阿川弘之さんに招ばれて軽井沢の別荘にうかがった。

私の記憶では、幼ない佐和子さんがあまりに可愛かったので、アマノジャクの私は、

「あなたは大きくなったらデブになる」

と言ったと覚えていた。

しかし、先頃佐和子さんに会って訊くと、私の言葉のイントネーションがおかしかったので、彼女は「この人、何弁？」と尋ねたという。そこで私が「この子は大変無礼な子である。よし、仕返しに予言をしてやる。大きくなったらデブになるぞ」と言ったのだそうだ。

だが、せっかくの予言も佐和子さんの夏休みの企画と同様、水の泡と消え、その後の彼女はすらりとして、おまけにまだ少女に通ずる可憐さをも残している。

とはいえ、佐和子さんがあの幼な子であった頃から、ずいぶんと歳月は流れたのだ。その間に彼女はテレビのキャスターをやり、エッセイを書き、小説まで書くようになった。

そういうものを読んでいると、少しは阿川家のことを知っている私ですら、意外に思うことがあった。たとえば父上に激怒され、壁づたえに家を脱出し、友人の家に家出する話。むろん私は以前から、父上の弘之氏がたいそう短気で怒りっぽいことをいろいろと聞いてきた。事実、年齢が近い友人作家とはよくののしりあいをしたらしい。しかし、私はずっと後輩だし、おまけに怒っても甲斐のない駄目人間のせいか、ほとんど怒られたことはない。

作家というものは大なり小なり変っている。私の目から見た阿川弘之さんは、怒りっぽさではなく、喰いしん坊として変った存在と感じていた。彼はおいしいものを食べるのがこよなく好きである。そして、その店の名前とか評判ではなく、本当においしいかどうかが分かるのである。食物が気に入るとニコニコされて実に幸せそうである。その代り、贔屓だった店も質が落ちると、実に不満げである。何も食物一つでああも極端に機嫌を損ねずともよかろうに、と味オンチの私はついそう思っていた。

この食物についての関心を佐和子さんは受けつぎ、先頃立派な料理の本まで出した。それでも、父上の短気さなどは、その子供たちには伝わっていないと思っていた。しかし、佐和子さんがまだ学生の頃、遠藤周作さん吉行淳之介さんと阿川家に招ばれたとき、佐和子さんとお兄さん（または弟）とが矢庭に凄じい口喧嘩を始めた。むろん兄弟喧嘩はどこの家でもするであろう。だが、客のいる席である。ふつうなら別室に行って戸を閉めてののしりあうだろう。ところが二人は夢中になっていて人前であることを完全に忘れていた。

佐和子さんの多くのエッセイを読み、これまでに見聞きした阿川家の空気を考えると、阿川佐和子なる女性は、単に綺麗でさわやかな存在だけではなく、どこか変ったところもあるようだ。優しいと共に勝気、子供の頃男の子になりたかったという気性、これはひょっとすると父上の短気さの影響ではなかろうか。さわやかさの中に一本の芯が通っている。その感性がつまり本物のもの書きにつながるのである。

――作家

この作品は一九九六年十一月東京書籍より刊行されたものです。

おいしいおしゃべり

阿川佐和子《あがわさわこ》

平成12年8月25日　初版発行
平成25年10月5日　20版発行

発行人――石原正康
編集人――菊地朱雅子
発行所――株式会社幻冬舎
〒151-0051東京都渋谷区千駄ヶ谷4-9-7
電話　03(5411)6222(営業)
　　　03(5411)6211(編集)
　　　振替00120-8-767643

印刷・製本―図書印刷株式会社

装丁者――高橋雅之

幻冬舎文庫

ISBN4-344-40000-3　C0195　あ-13-1

幻冬舎ホームページアドレス　http://www.gentosha.co.jp/
この本に関するご意見・ご感想をメールでお寄せいただく場合は、
comment@gentosha.co.jpまで。